拥抱真我

刘俊山
著

中国石化出版社
·北 京·

内 容 提 要

本诗集为作者近7年诗歌创作的结晶。自1990年初涉诗海，至2017年在大漠湖城乌海挂职期间重拾诗笔，诗歌成为其记录生活、抒发情感的重要方式。作者深受北岛、顾城等诗人影响，诗歌中蕴含着自由、美好、多情的气息。多年来，作者以诗为伴，记录人生体验，抒发内心情感，对抗生活困境。本诗集不仅是作者个人情感的抒发，更是对诗歌这一高层次审美表达的探索与思考。愿与读者共享这份诗意人生，感受文字背后的真挚与美好。

图书在版编目（CIP）数据

拥抱真我 / 刘俊山著. -- 北京：中国石化出版社
2025. 2. -- ISBN 978-7-5114-7893-1

Ⅰ. I227

中国国家版本馆CIP数据核字第20257E9F96号

中国石化出版社出版发行

地址：北京市东城区安定门外大街58号
邮编：100011　电话：（010）57512500
发行部电话：（010）57512575
http：//www. sinopec-press. com
E-mail：press@ sinopec. com
北京艾普海德印刷有限公司印刷
全国各地新华书店经销

880毫米×1230毫米　32开本　9.25印张　148千字
2025年2月第1版　2025年2月第1次印刷
定价：58.00元

写在前面的话

喜欢诗歌是从1990年开始的，至今已有34年时间了。

当时自己在南国粤海门求学，处在入错专业的巨大痛苦中，大学物理、模拟电路等课程如同大山横亘在前，兴趣索然、入门艰难。深刻认识到自己不适合理工科学习，于是做了一个大胆的决定，自主转专业，未来以文字从业、立身。

在阅读文史哲书籍、勤奋练笔之余，读了大量新诗，既是休息，也是提升素养。

诗歌对我而言，有一种独特的魅力和魔力。北岛、顾城、雪莱、黑塞、拜伦、里尔克等诗人的作品让我进入了“另外一个世界”，自由、美好、多情、浪漫、朦胧，提供了别样的感觉。

那时候，自己常把一些好句子抄在本子上，也尝试写了几首，总体感觉欠佳，便没有继续写下去。1993年8月，我转型为产业报记者，圆了文字立身的职业梦想。新闻写作成为主要工作，但是，文学之梦没有泯灭，业余时间常写一些小品文。或许是自知资质平常，一直没有写诗，读诗的爱好却一直坚持。

真正开始写诗是从2017年起的，距离喜欢诗歌已过去27个春秋。

那时候，挂职大漠湖城乌海，独居异乡，远离亲人，难免孤独。一起挂职的朋友见面相聚是最欢愉的时候，聚会后回到居室，灵光闪现，情感充沛，激发了写诗的欲望。于是，一发不可收，接连写了很多首小诗。

虽然文字比较粗糙、意象相对单一，作品很不成熟，但贵在有勇气、有兴趣，我能够写下去并发出来。有朋友看到我发到公众号的作品，说：“你这个写得不错，但确实不是诗。”我笑笑，没有说话。我心里想，写诗是一种表达、一种记录，自我愉悦就够了，何必在意别人的说法。

2018年，虚岁五十岁的时候，我郑重地决定写诗，把写诗作为一种爱好、一种生活。目的很简单，为了记录生活、愉悦自己、抒发情感、表达自我、拥抱真我。

在写作过程中，自己对诗歌有一些思考，诗是什么？诗的作用、功能、价值又是什么？

这是一个根本性问题，只有弄清楚它，才能解决写诗的动机、动能。

诗是一种表达。人区别于万物的重要特征在于拥有发达的大脑、活跃的思维、丰富的情感，人有很强的表达欲望和需求。通过表达确认自身存在、自我价值，获得别人关注、认可，可以倾诉需求、释放情绪。表达是人的一种重要需求，越是优秀的人越需要表达。

诗是一种高层次的、审美层次的表达。它可以把情绪、观点、看法、印象等通过意象表达出来，和唱歌有异曲同工之妙。歌声是很奇妙的表达形式，通过旋律和精练的词汇升华了事物，传递美感。悲伤和愤怒通过歌声来表达，都富有美感，获得了升华。我们生活中的苦闷，通过诗表达出来，也别有韵味。

所以，诗与歌是相通的，诗是用文字唱的歌，谓之诗歌。

诗是一种记录。诗是由精练文字组成，最基本的功能就是记录，用精练的语言、优美的意象，记录下自己对主观世界、客观世界的情绪、感受、印象、观点。人生在世如白驹过隙，一切都会归于寂无，一切都将成为泡影。唯有人生体验是真实的，是属于生命个体的。诗是对人生体验最好的记录，阅读自己的诗作时，可以重温当时体验、再现往昔情景。

诗是一种抒发。人生在世不可能顺风顺水，会遭遇很多挫折、承受巨大压力、面临诸多挑战、看见太多荒谬。人生需要抒发、纾解，以此对抗人生的无奈、困境、荒诞。在抒发过程中，情绪得以宣泄、压抑获得升华、郁闷得到排解、心情实现愉悦。在抒发过程中，人的情感、情绪能够得到张扬，精神、思想能够感受自由。

7年的写诗过程，我收获了很多，今后会继续写下去，给自己看，也给朋友们看。

2024年11月

目录
CONTENTS

1 行旅心迹

3 岳麓山中
4 岳麓寺
5 爱晚亭下
6 岳麓书院
7 长沙印象
8 橘子洲头
9 黄兴广场步行街
10 韶山冲
11 马王堆展馆
12 天心阁
13 太傅殿小吃街
14 深圳之行
15 世界之窗
16 回乌海
17 执政府前
18 和敬公主府
19 文天祥祠
20 南锣鼓巷
21 161 路汽车
22 红船纪念馆前
23 遥望烟雨楼
24 牟家大院
25 太虚宫有感
26 烟台亚朵酒店
27 蓬莱三仙山
28 海关街的老房子
29 老街的味道
30 烟台山
31 古北水镇有感
32 雁栖湖畔
33 老窑洞
34 夜宿桃峪口村

35 新加坡街头
36 天下第一城之皇家园林
37 唐海湾畔
38 阳朔印象
39 西安之行
40 报国寺
41 小站古镇
42 雁栖湖
43 金湖汇智中心
44 西井峪小村
45 圣迭戈万国博览会
46 新奥尔良的墓地
47 一家人的旅行
48 杭州之行
50 四川之行
51 北海的荷塘
52 香界寺
53 万春阁
54 八达岭长城
55 真觉寺
56 崖州科技城
57 乌兰察布　卓资之行
59 圆明园怀古
61 地坛抒怀
62 南新仓抒怀
63 建国门广场
64 香港购物广场
65 威海之行
67 平谷碧波岛
69 海南扶贫考察行
71 大连纪游
74 去崇礼
75 去通州
76 迪拜之行
78 巴西之行

2 心海涟漪

83 朋友
84 我
85 相聚乌海
86 给妻子
87 再见了乌海湖
88 相逢
89 离别
90 迎接新年
91 看望恩师
92 一起看老照片
93 无题
94 老同学相见

95 别离
96 致老同学
97 相聚金链花
98 窦店相聚
99 芳华
100 聚会
101 珍惜有缘人
102 我们从塞外来
103 康桥镇的日子
104 致出海的兄弟
105 青春刚刚开始
106 女儿毕业典礼
107 夏日小聚
108 相聚
109 给远方的老友
110 飞往北海
111 相遇
112 双十一节小聚
113 挂友小聚
114 日坛南门
115 莲花池
116 写给 2019 年
117 老同学
118 清晨
119 写给涠洲油田
120 我的心
121 挂友聚会
122 同学聚会
123 致扫雪的环卫工人
124 海油子弟
125 面对生命无常
126 向四千万吨冲刺
127 风帆渡海的时刻
128 祝福新人
129 秋日小聚
130 咏秋
131 祝新婚美满
132 告别 2020，拥抱 2021
133 写给逝去的 2020 年
134 老友聚会
135 献给锦州油田的弟兄们
136 献给蓝色国土的英雄
137 写给深海一号能源站
138 写给海油楷模
139 最美海油人
140 写给一位新年逝去的老人
141 关于贺信，关于批示
142 赴约
143 父亲节
144 陌生的面孔
145 遥想硝烟弥漫的日子
146 挂友的笑声
147 写给 2021
148 写给 2022 年
149 告别
150 悬崖边上
151 给女儿和贤婿
152 到上海

153 新春相聚
154 铁锅炖
155 写给战斗在伊拉克的石油人
156 外孙女周岁小记

3 流年碎影

159 我不想说
160 独处
161 打扫卫生
162 粤海门记忆
163 曲廊院
164 雾霾天
165 舞蹈表演
166 无常的风
167 清晨的露珠
168 清明节的雪
169 深海利器
170 静之湖
171 读《平凡的世界》
173 免税店
174 长途飞行
175 安平开发区
176 香河家具城
177 病痛
178 疱疹
179 祖孙俩
180 拍卖厅的老太太
181 西客站
182 公交车上
183 机场里的祈祷
184 回乡随想
185 无题
186 夜
187 无题
188 工体西路的青年们
189 一个工体西路青年的心声
190 黑色的衬衣
191 胜利之吻
192 致 34 岁的你
193 随感
194 病中有感
195 急诊病房
196 夏夜的飞翔
197 卓资县扶贫考察有感
199 献给中年人
200 协和医院
201 正午的阳光
202 我不想定义

203 曾经的骄傲 曾经的耻辱
204 东城到房山
205 城铁上
206 街头六椅
207 勾兑
208 早晨
209 放逐自己吧
210 会议
211 夏日
212 白色的衬衣
213 雨季
214 今夜
215 某大佬的秋日
216 胜利宾馆
217 洋货市场
218 渔家庄
219 六号地铁上
220 周末早上地铁里
221 除夕的上午
222 湿袜子
223 清明节早上的飞翔
224 疫情泛滥的早上
225 某人
226 写给 6.25
227 闲逛
228 星期六的早上
229 新年元旦
230 搬家
231 夜色
232 去亦庄
234 日坛 39 号
235 回滨海
237 冬日里的中年人
239 骑行
240 夏日
241 一个晚上
242 关于 2024

4 简悟人生

247 时间的布料
248 做真实的自己
249 不是
250 五十岁了，开始写诗
251 即使
252 不要
253 表达真我
254 海上世界
255 日子
256 偶感

257 人生的假设
259 一颗心
260 吉祥的数字
261 八仙过海
262 老夫妇
263 贫穷与富足
264 珍惜吧
265 人在天涯
266 成长
267 脚步
268 心中的莲花
269 洞穴的日子
270 老酒
271 清净
272 中秋的雨
273 一个明媚的日子就够了
274 简单与复杂
275 秋
276 复兴的路
277 关于冬天
278 念头
279 禁果
280 高粱河
281 歌声
282 银杏树
283 定力
284 关于故事

1

行旅心迹

拥抱真我

岳麓山中

每人都要面对死亡
颤抖、逃避
或者无能为力
超越只属于英雄

把生命交给宏大
让鲜血洒向江河
用身体换来不朽

一块块墓碑
一座座石亭
一个个名字
绿色波涛中闪现
曾经有很多灵魂
都不曾熄灭
（2018年2月）

岳麓寺

千年的古刹
承接河流般的痛苦
伦理和欲望在撕咬
孩子们用纯真的眼睛
寻找
幸福的灯盏
就挂在树梢

静谧中寻找平和
用艰苦的生活磨炼
平息挣扎的波涛
枇杷树下冥想
心灵和肉体一起皈依

青灯古佛的寂寞
大千世界的繁华
所谓的净土
也会污水四溢

通向平和的法门
在身体
在脚上
或者在心里
（2018年2月）

爱晚亭下

一座山并不险峻
引来万众景仰
文化的力量浩浩荡荡
风吹竹林，琴棋书画
爱晚亭下
徜徉在书海无涯

灵魂与灵魂
向往碰撞
酒肉发出异味
灵性粉墨登场
清茶、畅谈、书声琅琅
精神的慰飨
自由酣畅
（2018年2月）

岳麓书院

有一种东西叫文脉
一条河流
弯弯曲曲
不曾衰败

参天的古树
落下片片绿叶
郁郁苍苍的波涛
托起书海的小舟
思想的旗帜在山上飘

探索的山路
孤独坎坷
思想之花盛开
千年的积淀结了硕果
多少巨人引领时代
（2018年2月）

长沙印象

怀旧会带来感怀
经过破败、经过零乱
街头的店铺
夺目色彩
掀开一本新书
打开一个时代
知晓过去
才会了解未来

铺就的道路
需要脚步丈量
美食期待着舌尖
深山里的宝石
等待锄头的发掘

坐了高铁来长沙吧
一座城
体验古老和现代
一条江、一个人
为精神补钙
（2018年2月）

橘子洲头

急功近利的时代
坚持是一种愚蠢
当安稳成为情怀
理想是一种无奈

你当年从这里离开
用诗歌与豪情告别
坚定地上路
险阻、困顿
悲伤和挫败
铸就钢铁的坚韧
终于地动天开

这条江、这片土地、这个民族
一直照耀你的光彩
大潮退去
裸游的人浮现原形
你坚定的目光
指引着未来
（2018年2月）

黄兴广场步行街

拒绝不了物质的诱惑
并不意味着屈服
随着人流行走
可以放慢速度

欲望的烟花
绽放又破灭
放纵，有时会加剧痛苦
生命的美妙
只存在心湖

随波逐流的脚步
有些麻木
逆流而上会有苦楚
抬头望一眼天空
只看到一片迷雾

停下来吧
一个人
在街边的角落里
倾听心的音符
（2018年2月）

韶山冲

山清水秀的地方
几头牛、几十亩地
可以耕田
可以读书
也可以让思绪飞向远方

生命的选择
在心里，更在脚下
走出山坳，都市并不遥远
告别家乡啊
从不曾想回来
所有的挑战
铸就了一千年的惊奇
（2018年2月）

马王堆展馆

所有的荣华
都被你享受
一人等同上千的平民

所有的权贵都渴望永生
超越死亡
地下的世界
天天和盛宴相逢
歌舞中实现完美人生

这个世界没有不朽
这个世界没有永恒
向往公平的心永不冰冷

丰厚的葬品
延续不了奢靡
只会让掘墓者开怀大笑
贪婪者陷入泥沼
鬼迷心窍是永远的家园
（2018年2月）

天心阁

冷风中
听雨声敲打历史的长卷
杀声片片
古老的湘江水
浇不灭战火和硝烟

一段城墙
承载千年的记忆
多少人凭吊
多少人识得真味
（2018年2月）

太傅殿小吃街

贾太傅想不到
每天面对上千食客
那个时候
美食与平民无缘

饥饿了几千年的胃
今天得到满足
嘴巴占住了
大脑不作别的幻想
（2018年2月）

深圳之行

昨天曾经活在此处
荒凉、尘土
咫尺也是天涯
都市的噩梦常常醒来
橱窗、酒楼、姑娘的面庞
刀剑在寒光里闪耀

粤海门的风
吹来叹息、烦躁
压抑的星空下
棕榈树悄悄饮泣

今天回来了
和心爱的女人
凝眸微笑
鲜花、欢畅、通达
城市张开怀抱

从渔村走到都市
智慧、金钱
推动成长的车轮
泥泞中仍在前行
挺起隆起的肚子
马上就要出发
步伐迟缓
自信中带着矫健
（2018年2月）

世界之窗

之一

黑屋子待久了
光明会带来疼痛
习惯了笼子生活
翅膀忘记了飞翔

打开一扇窗吧
坐上大巴
体会风的自由
可以看见海、看见山
乞丐的歌声也很美妙
非洲大陆并不遥远
罗马的角斗场就在眼前
巴黎的春天向你微笑

站在历史的河边
我们会走向哪里
亿万年的变迁
拥进怀抱吧
沧海桑田只是一缕青烟
双足踏在路上
坚实如金秋的麦穗
（2018年2月）

之二

每一缕记忆都可以抚摸
每一片历史都能够拥抱
每一个梦幻都变得真实
每一段时光都化作溪流

我从梦里醒来
背起行囊
出发
天涯 远古
还有大洋的尽头

有梦的地方就有自由
有人的地方就有足迹
（2018年2月）

之三

樱花开了
杨柳依依的湖畔
盛装的新娘
等待晚归的夫君

我走过红色的木桥
回头凝望
风吹乱了头发
也吹皱池塘的春水
（2018年2月）

回乌海

记不清
这个航班乘过多少次
一千一百公里的距离
朝阳门跨越塞外
曾涌起淡淡的焦虑
一次普通的飞行
赋予别样的意义
回故乡的感觉很甜蜜
离开只有月余
相思的柳絮偶尔飘起

格桑花开了又落
乌海湖的水枯了又涨起
沙漠和黄河在这里相遇
我和你的心紧紧联系
春天去了又来
我走了又回
一个人应该有灵魂的故乡
人在远方
心却有向往
当你疲惫、困顿时
在这里休养
（2018年3月）

执政府前

这里曾是海军总部
记录着一段段屈辱
大总统曾在这里居住
隐藏着肮脏的内幕
这里曾是执政府
上演过悲惨的屠戮

钩心斗角、权欲熏天的年代
良知、道德是弱小的兔子
与阴谋卑鄙者理论
不会得到光明的解答
只要有人勇敢地站出来
正义的脊梁
就不会被压垮

九十二年前的今天
你从学校出发
满腔的热情
还有生命的鲜花
被呼啸而来的子弹袭杀
浓黑的血
映红了晚霞
映红了苦难的中华

刽子手也会忏悔
那天的愚蠢
带来半生的悲苦
良知虽然微弱
仍会照亮黑暗的心
坎坷的路
需要良善相扶
（2018年3月）

和敬公主府

一座深宅大院
庞大的怪兽
吞噬着民脂民膏
腐败的蛆虫变得肥大
所谓公主、所谓亲王
烟尘一缕
什么都没有留下

从农耕走向现代
封闭的古国
变成开放的中华
人人追求平等的天下
历史潮流的车轮
把贪婪的魔鬼碾压

有的人
梦想着成为王公驸马
一个人拥有一座宫殿
一个人拥有无限荣华
所有的努力或行动
注定是一场自我的谋杀
（2018年3月）

文天祥祠

一个英雄在这里囚禁
四年里，写诗作文
在夜里唱悲凉的歌
超越死亡

一棵大树仍在发芽
夏天来了
绿荫给院落带来凉爽
孩子们清脆的读书声
惊起树上的乌鸦

一千年的故事
仍在流传
草原和农耕融合
是你撑起了共同的血脉
平凡的时代更需要传奇
多想一想死亡的话题吧
慷慨大笑着
我们从平庸变得优秀
（2018年3月）

南锣鼓巷

这条街巷存在了一千年
行走在时光的隧道
历史片段幻灯片一样
播放
捕头
刺耳的锣鼓
还有红毛鬼子
耀眼的刺刀

抚摸历史
抚摸祖先
抚摸自己
察觉不到疼痛

商铺鲜艳的幌子
带来欲望和忙碌
汹涌的人流中
我不感到孤独
沧桑变化
一颗心在探究中
富饶而充盈

坐在石椅上
凝视那棵千年古树
沉思、冥想
抚平杂乱的心绪
站起身，又出发
（2018年3月）

161路汽车

这条路
走了很久很长
来来往往
坎坷狭窄变作宽广通畅

这条路承载着梦想
盐碱地、芦苇荡
大都市、北洋学堂
从南到北，穿过村庄
需要坚定的脚步丈量

步入中年的时候
开始思念家乡
海光寺前的地铁站
向天空遥望
拥抱变迁和沧桑
新的航船又启程
（2018年3月）

红船纪念馆前

两个小时的站立
广场欣赏春天的花
风吹拂面颊
谈笑中度过等待的煎熬

平顺的日子久了
人变得脆弱
愤怒的火苗
会迅速燃烧
安逸的生活久了
私欲泥沼里前行
蓦然回首
艰难、陷落不可躲避

先烈的步伐
每一个脚印充满艰辛
每一个历程都有血腥
心中有大爱
民族复兴的梦
照亮黑暗的路
激发着能量，度过苦厄
迎来胜利的朝霞
（2018年4月）

遥望烟雨楼

穿过绿色的海
波光盈盈的笑脸里
遥望
烟雨凄迷中
一座楼
带着南国的凄美

湖畔的杨柳
江南女子的长发飘逸
柔情似水
缺几分阳刚
曾经雄武的帝王
即便豪情万丈
夜夜沉醉温柔乡
欺骗中惆怅满腔

那条普通的木船
理想的光辉中
红光一片，阳刚万千
出发、征战
冒着硝烟
缔造千年的传奇
英雄的基因传承
雄浑的气息滋养大地
强盛、辉煌不再是梦想
（2018年4月）

牟家大院

多么辉煌的建筑都会成为陈迹
多么庞大的家族都会衰落
多少金银财宝都不会给后代带来福祉
历史的河流里
每个人都无能为力

庞大的院落，流淌着寂寞
钩心斗角
成为富豪的专利
贪欲的剑刺向子孙
烦恼的风经常袭扰
凄楚的花瓣飘落满地
膨胀的气球升起在高空
飞起或炸裂
（2018年4月）

太虚宫有感

从来不相信神仙
遇到你，在心底跪拜
辟谷，激发潜能花朵
生命的神奇，探索和挖掘
沙漠里涌出清泉

你的眼睛望向未来
看见了硝烟，还是屠戮
七十三岁高龄，踏上征程
三万里的风霜雨雪
戈壁荒滩里，或许愁容满面
为了承诺，或是百姓的福祉
微笑的云朵和阳光升起

旧的宫殿没有了踪迹
有故事在，你就在
鼓舞激励万千信众
生生不息的精神源流
让这片土地充满神奇
（2018 年 4 月）

烟台亚朵酒店

花朵开放在深谷
幽香的清泉流过绿茵
洁净的白云
轻风吹拂下
和小鸟跳起舞蹈

捧一本书，坐在竹林的石凳上
和先贤对话
眼睛望向古战场
听心中的鼓声和呐喊
欲望搏击的刀剑，寒光闪闪

轻啜一口清茶
换一个世界
茶香和思绪一起飘溢
我是一条鱼
在文化的河流里畅游
忘记了时光，忘记了自己
（2018年4月）

蓬莱三仙山

资本的力量，很神奇
梦想变成现实
三座仙山赫然矗立

一处楼阁是一个梦想
长生不老、心想事成
充满无穷的力量

一座宝塔是一个世界
儒家的风范、道家的传统
还有被神化的圣人
纯洁的道德带来回报
善良的渴望用建筑表达

一个小岛是一个传说
黑天鹅游弋，海鸥飞翔
波光掩映恢宏的宫殿
红墙黄瓦、雕梁画栋
万千的气象里，培育着臣服

侧卧的玉佛
望向大门，洒满慈祥
敬畏的情愫悄然升腾
善与爱的种子悄然发芽

（2018年4月）

海关街的老房子

走过狭窄的街道
低矮简陋的楼房
青年消逝的老女人
空洞的眼神、枯萎的面容
逝去的青春，被海风雕刻成沧桑的图画

只有一个个名字
闪烁着光芒
领馆、洋行、公司
一百年前的夺彩明珠
今天像泥土一样黯淡
我站在街角
拍着老房子的墙
思绪从中涌起的海浪
（2018年5月）

老街的味道

老街区虽然破败
甚至有些脏乱
散发独特的吠道
海风吹来盐的咸味
炊烟让人回到童年

孤独地站在街头
回望来时的路
望不见尽头
一颗心在树梢游荡
仿似
风中吹起的白纸屑

大排档里溢出
老街的味道
野草在荒地快乐生长
大食盘表达着胶东的狂放
那一刻
食客们肚子隆起
打着饱嗝归去
（2018年5月）

烟台山

一个城市总要有源头
文化的水流汩汩涌出
滋润土地、滋润街巷
一个人会经常探寻
用手摸着胸口，感受心脏的跳动

抚摸历史的时候，抚摸自己
一个人需要祖先
祭拜的时候，屏住呼吸
心开始臣服
奔腾的野马不会脱缰

狼烟燃起的高台
增添了城市的雄武
没有实力的呐喊
只是虚张声势
腐朽的官僚体系，散发臭气
挡不住异族的枪炮

勤劳的百姓注定
只能忍受屈辱
一只硕大的肥羊
被狼群撕咬，哭泣、流血

或许，这里有悲伤
民族的伤口刚刚结痂
或许，这里有坚强
百年的屈辱后
我们站在山上眺望大洋
（2018年5月）

古北水镇有感

雾霾的怪兽，突袭城市
逃离是一种明智
水镇的夜晚
绚烂而平静
时间的玫瑰在河上绽放
娇艳似古朴的灯盏

欲望变成少女
站在街头拐角处
小河的画舫
广场的说书人
还有摇滚歌手的嘶哑声带
嘈杂喧闹是一条大河
我是一条鱼
孤独而快乐

江南水乡的风情
白玉一样温润
长城雄美的刚烈
雄性力量的啤酒泡沫
慢慢溢出
告别诱惑
关起门
古朴静谧中，一夜酣眠
（2018年5月）

雁栖湖畔

从山村到湖畔
一百公里距离
跨越一个世纪
湖光山色的背面
贫瘠的乡村，我不会放歌

欲望升空如一轮圆月
是膨胀的气球
光怪陆离的物质洞穴
吞噬幸福的觉知
金钱的大浪袭来
沙滩的我充满惆怅

心是一只小鸟
飞过起伏的山峰
经过穷山恶水
风光秀美的枝头回味
知足和感恩的火苗，燃起
良知的泉水浸润
某一个夜晚
在乡间的木屋和老汉对弈
（2018年5月）

老窑洞

破旧的窗棂
把蓝天割裂
黑暗的窑洞
也有火苗跳动
空间虽然狭小
能容纳平静的心

颓败的院落里
鸽子飞起
风吹起飘落的花瓣
院中的老树
沧桑中透着坚强
都市人走进
困顿灰色的世界
我却看到了微笑
坚韧和小草布满田野

没有奢求
欲望被贫穷压抑
期望是墙头的小草
随风飘摇
不能构成风景的一角
简单贫穷的世界里
溪流却从心底涌出
（2018年5月）

夜宿桃峪口村

夜晚的嘈杂
惊醒梦里的鸽子
零乱的脚步
如同村口的垃圾
美好的乡村停留在诗句里

青山和乱石拥抱
贫穷与辉煌联袂
抚摸粗糙生活的手
倍加珍惜玉的温
华丽的世界里
感觉的阈值提升

黑白的世界追寻色彩
缤纷的田野里迷失
欲望的柴火燃烧了
蓝色的火苗
灼伤身体
今晚浇一盆水
冰冷中等待黎明
（2018年5月）

新加坡街头

之一

高楼大厦的森林
车辆的潮水涨来又退去
悄无声息
人群的河流穿过
湖水般静默

没有喧嚣的都市
浮躁的野兽锁进纪律的牢笼
偶尔有鸽群飞过
掠过凝视的眼眸
一个古国的现在、未来
在眼前浮现
（2018年6月）

之二

都是中华儿女
却相隔遥远
一厢情愿地相会
等来空荡荡的惆怅
只能在梦境
追忆祖先的艰辛

木船在大洋里飘荡
用生命博取生存的机会
千年的风雨、百年的硝烟
铸就坚韧的脊梁和腰
扛起古老文明的传承
南太平洋的鲜花绽放
诠释华夏文明的神奇
（2018年6月）

天下第一城之皇家园林

一个古城铸就一个梦想
雕梁画栋、红墙黄瓦
宫殿里隐藏着深深的欲望
享受皇家的尊崇
追忆王室的荣光

农民起义的领袖
成了帝王
承诺变成一片片谎言
布衣在梦里穿越楼台亭榭
觉察一下初心吧
扛着公平的大旗出发
旗子却成为蟒袍
披在赵家人的身上

高尔夫球场
绿草茵茵铺就的地毯
等待贵宾的脚步
池塘、山丘
和权贵们相遇
挥舞的手臂
宣告一个阶层的生活

资本打造出人生的辉煌
权力和金钱勾肩搭背
微笑里没有羞耻
父辈在九泉
含恨儿孙的不孝

巨手挥舞着巨斧
斩断腐朽的链条
荒芜中虽显出破败
芦苇荡唱起公平的歌谣
（2018年6月）

唐海湾畔

萧瑟是繁华的兄长
如同夜晚和白昼
贫穷是富足的母亲
有了妈妈，才有孩子
贪婪是幸福的杀手
抗拒贪欲，才能感受幸福
克制和欲望是金币的两面
一个面孔的金钱
不会流通太久

小渔村是黄岛的前世
住过黑暗的泥屋
珍视西海岸明珠的光彩
坐在唐海湾畔的石椅上
觉察的轻风吹拂面颊
暖流在心湖荡漾
（2018年6月）

阳朔印象

之一

欲望的幽灵在小街里游荡
女人的花朵在夜里绽放
黑寡妇和白衣剑客
邂逅在红玫瑰客栈

爱与恨、情和仇
在这里相遇，打上新的结
有故事的地方
有哀怨、有喜悦
还有离别后的相思

怀揣着渴望
还有深深的冲动
期待一场相遇
或许有一种欣喜
和桂花香一起飘散在风中
（2018年10月）

之二

还是那一条江
流淌了几千年
漂来无数故事
红袖添香，倚楼微笑
斜阳下，摇着一束彩色纱巾

温柔乡里
忘记了乡愁
金发碧眼曾经是一道盛景
都市女郎渴望
阅读鲜艳的故事

一杯鸡尾酒、一盏幽暗的灯
眼眸里流出柔情
相逢梦中的白马
每个人，男或女
都深藏着欲
几千年了
一直盼望释放
如源源不断的漓江
（2018年10月）

西安之行

永兴坊

盛唐时的街巷
千古名臣出入
一千年的时光啊
那个记忆没有褪色

今天
你和我相约
在食腹欲望的牵引下
追赶你的背影
（2018 年 11 月）

古城墙

六百年前的庄严和象征
成为今天城市的装点
散步、骑行、放风筝
遥望千年以前的长安
让风吹动发梢
放松心情，放松自我
在历史的河里游泳
空气从盛唐吹来
千年巨变
激荡胸中涌动的江河
（2018 年 11 月）

照金小镇

一粒火种散落在荒原
燃起燎原的火
十九岁的少年
相遇三十七岁的大哥
两颗明星照亮漆黑的夜
照耀今天的小镇
（2018 年 11 月）

报国寺

这里住过很多人
曾经闪耀的星星
都坠入了黑暗
留下一些名字和回忆

顾炎武、孔尚任、曾国藩
是这个院落的灯盏
发着光芒
照亮现代人的心

看一看小人书
找一找古钱币
这里从来不缺少故事
生命的水滋润干涸的心

历史变迁、沧海桑田
烟云飘过心的天空
没有留下痕迹
我的眼眸里泪光闪现

（2018年11月）

小站古镇

所谓的古镇只是一个名词
写在书里
湮灭在老人记忆里
碱河一直在流淌
水势逐渐干枯
曾经的稻田
变成萧瑟的土地
贫瘠的风吹过
天空的小鸟十分孤独

过往的神奇
平民的视野里
化作青烟逝去
无声无迹
只有我
站在河边感叹

曾经有一列轨道
从正阳门出发
建设一条希望之路
新式的军队振兴
古老的王朝

新军总是为旧主掘墓
虎狼吞噬老妇人的王朝
从春天延缓到秋天
所谓的长久
都是自我的妄想

资本的巨手
打造一个又一个建筑神话
传说排练成现代话剧
在练兵园里上演
欲望让小镇重新沸腾
希冀着
回到百年前的鼎盛
（2019年2月）

雁栖湖

浮出水面的太阳
诞生一个新的纪元
霞光万丈中
所有的目光注视
我们可以昂首挺胸
走在地球的任一角落

群山含黛
温柔地期待着什么
这么多年了
我们一直在一起
正如，这里的水和山
从没有分离

泛舟湖光山色的画卷
恬静的水波
在涟漪里流淌
多年以后
这个平凡的日子
成为闪亮的诗句
出现在梦里

（2019年7月）

金湖汇智中心

一汪水，是一双含情的眼睛
葱茏的绿色中
凝视
我走过红色的回廊
站在石桥上
向即逝的晚霞致意
有这片深情就够了

那无边的野趣
漫天地袭来
今晚我可以在梦里
放声高歌了

芦苇荡在歌唱
曼妙的舞姿
是招摇，还是野性的释放
夜空下，清风里
柳树们摇摆着腰肢
纵情地笑

我找寻儿时的自己
孤独的孩子
在野草的波浪里穿行
蛇的花纹
记录了童年的恐惧
成为岁月的伤疤

粉红色的火苗
在绿色的荷叶上跳跃
汪洋般的绿色
点上娇艳的一笔
那是生活的恩典

我需要的不多
一条林荫小道
一片错落有致的草坪
抚慰曾经的伤口
（2019 年 7 月）

西井峪小村

古朴往往和简陋相伴
杂草、倾圮的墙壁
凹凸的道路横亘
折断逃离都市的翅膀
孤独的老人盼望
陌生的面孔都是亲人

小山村响起宁静的歌
寂寞的月光
照映石屋
城市人总渴望逃离
或许
一切的熟悉都成为牢笼
或许
我们总是把自己囚禁
（2019年10月）

圣迭戈万国博览会

战车的轮子
碾过1915年的中华大地
年轻的母亲怀抱婴儿
躲在柴草垛旦
侵略者挺着刺刀
骄傲威武地走过

太平洋的风变得温顺
方正厚重的楼宇
撑起文明的大厦
那尖尖的塔尖
挂起一面旗帜
展示西班牙曾经的威武

所有的耻辱
都过去了吗
那些泥泞的日子啊
一个华夏儿女
在椰树一片葱茏的绿色中
轻声叹息
（2020年1月）

新奥尔良的墓地

墓地成为一道风景
比贫民区干净整洁
石棺的楼宇，排列整齐
每间房子里都有一个灵魂
隐藏着一段故事
撕成历史的碎片
飘在风里、雨里

三百年的飓风暴雨
千百次的滔天巨浪
在孩童的惊恐中袭来
奥尔良一直屹立不倒
传奇在大西洋传唱

死亡是一个转折
人生列车进入虚无
恐惧、焦虑
阻挡不了迈入天国
或地狱

脚步与萋萋芳草吻别
你、我，这个可知的世界
总会分手
那一轮夕阳
每一天都会坠入海面
进入一片神秘

（2020 年 1 月）

一家人的旅行

曾经，漫漫长路的踽行
孤独是最好的陪伴
放飞思想的鸟
在蓝天写下诗行
一个人的深夜
厚重的棉被
挡不住寂寞的寒冷

寻找，只是一个借口
为了，让大脑的田野
盛开黄色的野菊
风，扬起了白色的经幡
照亮生命的灰暗
上路，注定是我的宿命
沙漠荒凉的深处
是一片宫殿的辉煌

如今，你与我并肩前行
携手托起旅途的家
心与心的相拥
目光和目光的交融
溪流滋润干涸
我们都在
天涯就是故乡
细雨中的小屋
安放着幸福的木桌
虫鸣、蛙声，送来天籁的声响
（2020年1月）

六合塔

风从塔上吹过
吹起森林的波涛
千年的气息在潮声里浸润
见证了世事变幻

千年的矗立
守卫着一条江的安宁
我们膜拜吧
神秘力量一定会护佑
勤劳朴实的子民

当失去了敬畏
狂妄的野草发疯
贪欲的江潮席卷
美梦化作尸体
在黄色的江里沉沦

望一眼高耸的塔吧
千年的智慧
是永不熄灭的灯盏
指引着你我
行走在湿滑的路
（2021年5月）

九溪烟树

黄金周的人流
冲刷着现代的龙翔桥
人海的热情
让恬静的西子姑娘
不胜娇羞
我告别那一份臆想的深情
在小溪里寻找一抹恬静

九条小溪流过绿色的田畴
每一段路并没有传说
笔直站立的武士
戴着巨大的帽子
搭起一片阴凉
在风中、在画里
我们可以编织憧憬

茶香飘溢着独特的味道
孩童追逐着芦花公鸡
忠诚的朋友紧紧跟随
有酒、有茶
还有那一汪深情的水
彼此会心的微笑
是人间天堂最美的图景
（2021年5月）

乌镇西栅

每个人都有一个古城梦
武侠的世界里
驿栈、酒馆、寒光闪闪的剑
勾勒一幅暴力美学的图画
大碗的酒饮下豪情
勾引出意识深处
对野性的渴望

北方人都有一个水乡梦
摇橹的小船穿过小桥
湖水泛起的浪花
哗哗的水声
是一首静默的歌
红色的灯笼
点缀河畔木屋
白裙子的江南少女
和垂柳的绿色长发
向游人发出邀请

西栅是一种情怀
向往和平、温柔、幸福
或许也是一种矛盾
美酒、美女，灯红酒绿的日子
让人神往，也让人沉沦
侠客的世界里
总是邪恶与正义交锋
鲜血常常在大漠黄沙里喷涌
（2021年5月）

悬崖边上

站在悬崖边上
深渊里燃烧欲望的火苗
牡丹一样开满山谷
纵身一跳
一个红色的惊叹号
融进那片幻觉中的朝霞

陷阱上总有一片绿意盎然
或者鲜花灿烂
深深的渴望催化了幻象
欲海的黑色巨浪
成为火红的丰收图景
（2021年6月）

四川之行

乐山脚下的夜晚

灯光的鲜花开满黑色的夜
柔情的岷江与粗犷的大渡河
相遇在佛陀脚下
是悲情或欢喜
都是人间的奇遇
（2021 年 6 月）

成都

成都是一个让男人沦陷的地方
滴酒不沾的朱司令
破戒成为一段佳话

成都是一个让女人飞翔的地方
飞过锦里
飞过峨眉山
飞过神奇的九寨沟
（2021 年 6 月）

峨眉山下的酒馆

许久没有唱歌了
城市的喧嚣封杀了音符
我们默默行走在冰冷的森林

许久没有拥抱酒精了
心有些冷
告别了火苗
情绪的骏马沉睡了
仿佛进入了冬眠

许久没有点燃情感了
欢乐的焰火照亮今天的夜空
烧掉那些麻木的日子
（2021 年 6 月）

北海的荷塘

一夜的风
连绵的细雨
鲜红绽放的日子
随着中秋的锣声
远逝

即使用绿色表达留恋
也没有多少人在意
季节的脚步
踩着黄黄的叶子
那是一枚枚生命的结晶

更替如车轮一样转动
兴衰是一首永恒的歌
耸立的白塔
注视着太液池的深情
红墙黄瓦的辉煌
淹没在历史的烟尘
（2021年10月）

香界寺

在历史的画卷上
纵横了一千多个春夏秋冬
贞观大帝骑着白马
走入华夏辉煌的梦境
那是一个红色的惊叹号
炸响在中华儿女的心湖

当年的帝王遁入虚无
留下几块牌匾
所有的辉煌只是几行文字
那是最大的胜利
更多的专制者
成为笑话或苦涩的泪
在家谱上流淌

你乘着轿或骑着马
在土路上颠沛
只为感受一份艰辛
给安逸的身躯一些警醒
告别声色犬马吧
听一听晨钟暮鼓
跪拜着
燃一炷香
升腾起敬畏

一株松树伸出弯曲的臂膀
在近千年的岁月里
护佑了多少远道而来的庶民
盘龙松啊盘龙松
希望的火苗
一直燃烧
（2021年10月）

万春阁

我站在万春阁上向南眺望
蓝天下的红墙黄瓦
衬托一派皇家气象
那个院子里阴气冲天
森严的高墙曾圄住一片神秘
女人、伪女人们捧起一颗太阳
放纵了一个人的狂妄
这是一个荒谬的戏剧
却上演了数百年

这里的春天很灿烂
金色、红色让青绿的季节
迸发奇异的能量
那是皇冠的明珠
耀眼夺目
寿皇殿里的君王们
只是一个木牌、屏风
熟悉或陌生的名字
在狭小的历史里飞翔

我站在万春阁向北眺望
鼓楼耸立着
慨叹一千年的沧桑
守卫一条流淌的河流
一片片低矮的房屋
守卫古老的家园
骏马奔腾的草原
老黄牛耕耘的画卷
编织成一个民族的今天

盘古大观似乎成为一个伤疤
铭记一段野蛮放纵的日子
狂妄者总会付出代价
中轴线啊中轴线
挺起古老文化的脊梁
（2022年2月）

八达岭长城

一段古老的城墙
一条长龙起伏的山峦
一起舞动了一个文明
血汗铸就了精神丰碑
几千年了，风吹雨打
一直屹立在地球的东方

那些只能燃烧篝火的夜晚
没有幽怨的长笛，点缀生活
坚韧、忍耐铸就一个民族的密码
成就了千古的传奇
（2022 年 2 月）

真觉寺

仅有一个宝座就够了
那是来自西域的神奇
五个塔尖指向天空
诉说几百年的传说

一块块石碑站立成忠诚的士兵
精美的文字描绘
一个民族的辉煌
文明的灯笼一直照耀
我们曾有的骄傲

今天，忍受了一百多年的屈辱
终于可以倾吐、清扫
每一个中华儿女
自豪地行走，开怀大笑
（2022年3月）

崖州科技城

之一

这里曾经是荒凉的代名词
远离人间，适合修炼
一个山洞是一片天地
修行者的心，幻化一个神秘世界
听涛声入梦
看远方的白帆隐入天际
世事的烦忧在风中消逝
八百年的风吹浪打
礁石变得圆润
海未枯，石未烂
等来凤凰起飞的日子

向南、向远、向深
强国复兴的新征程
从这里出发
奔向南中国海
奔向深蓝
海上油气巨人矗立
呵护黄皮肤的兄弟姐妹
和平鸽在渚碧岛飞翔
大王椰昂首挺胸
指向天空
繁花似锦的美济岛
讲述友谊的故事
我们一起为民族复兴书写
最夺目的惊叹号

25年前，我曾来过这里
带着纸和笔
记录一段历史
讴歌战天斗浪的劳动者
暴雨骄阳中完成一场攻坚
管道输送能源
点亮九龙湾的上空
璀璨的香港之夜
映照海油人的微笑
（2022年4月）

之二

今天这里还有些荒凉
楼宇孤独地矗立
是灯塔照亮
挺进深海的路

沿着海滩看海
我看向更远的地方
那片湛蓝、那个梦想
寄托多少人的强国梦

几千个日夜后
我一定会见证一片繁华
葱茏绿色的生机盎然
托起一轮红日
那是复兴的标志
从南海深处升起
（2022年4月）

武要古城

梨花镇的英雄早已远去
消逝在历史的尘烟
白色的花瓣雨
飘落在记忆的河里
留下一个名字
放飞想象的翅膀
遥想边关、草原、神秘的花枪
构造一个农耕民族的传奇

土堆仍在
瓦片诠释千年的沧桑
绿色覆盖了要塞
高高的台子上旗帜飘扬
指引千军万马

耀眼的银枪、冷冷的剑
那些表情冷漠的子弟们
告别亲人
用青春、孤独
还有冰雪一样的意志
守卫自己的家园
（2022年7月）

百里花廊

梦想纺织的绚烂花朵
铺就一条通向草原的路
威武的巨石衬托
北国塞外的雄浑
挑起乡村振兴的重担
坚毅行走
用脚步丈量胸中的豪情

若干年后
我们相聚
穿越时空、穿越誓言
见证那一颗红红的初心
（2022 年 7 月）

狼毒花

鲜艳点缀了绿色
成为草原上的风景
编织如锦的画卷
却带来深深的伤害

美丽的背后
常常有污垢
花团锦簇的下面
黑色的陷阱
等待善良的羔羊
（2022 年 7 月）

在草原上

如果没有歌声
或蒙古长调
美丽的星空将变得寂寞
朗诵一首诗吧
用豪情回馈草原的恩典

如果没有羊肉
或篝火、舞蹈
寡淡的日子让人厌倦
喝一杯酒吧
献给苍天
感恩命运的垂青

喝一碗酒吧，献给时代
车轮代替骏马
奔腾如电的感觉啊
猎猎长风让旗帜飘扬
那些舞动的青春
汇聚成民族复兴的大潮
（2022 年 7 月）

长春园的荷塘

荷叶搭起一条绿色的路
通向芦苇荡的深处
粉红色的火苗点亮自由的向往
人们羡慕神仙，是羡慕他们的飞翔
野鸭在野草中划着桨
野趣是最美的笙箫
慰藉皇太后深深的寂寞

每个人都可以在这里奔跑
历史的旷野旦
一座座石碑记录君王的梦想
曾经的楼宇啊
用百姓的血汗浇铸

中秋节的艳阳
让人们回溯盛夏的焦躁
丰饶的季节即将逃遁
你和我在石径驻足
遥望黄叶飘零
秋风吹起的时候
残荷的色块
或许留下传世的画作
（2022 年 9 月）

福海泛舟

曾经只属于君王、妃嫔的特权
泛舟、游湖
在风沙频繁的北方
感受江南的湖光山色

今天的庶民百姓
在幸福的湖里
乘一叶小舟
父亲、稚子一起
湖光秋色中
驶离焦虑的尘嚣
拥抱一片宁静

抚摸历史的沧桑
追忆一段又一段荒诞的故事
那是真实的世界啊
一把大火烧毁万园之园
映照了闭关锁国的愚昧
咸丰皇帝喷出的血浆
玷污了祖宗的丰功伟绩

安逸的花房培育自傲的花朵
一场小小的风雨
留下一片破败
宫廷常常是培育阴谋的温床
难以铸就钢筋铁骨的硬汉
（2022年9月）

地坛抒怀

五百年的风风雨雨
掠过方泽坛
淋湿了松柏
沧桑只是淡定的叹息
岁月沉淀成坚实的土地
奠定了老人的脚步

天上的祥云昭示
五彩的岁月
跌宕的日日夜夜啊
风平浪静里
酝酿滔天浊浪
心中燃起不熄的火
散发着汩汩的热
温暖所有的日子
一切都是最好的安排
（2023年1月）

南新仓抒怀

一个人走过一条桥
在古老而现代的路口驻足
一座一座古老的粮仓前
追忆六百年前的岁月
慨叹铁马金戈的草原部落
征服农耕的沃野千里

永乐大帝亲自镇守
国门上飘扬黄色的旗
血腥与血腥对决
强者和强者碰撞
站在巨人的肩上
我们看得更高更远

昔日的粮仓遁逝了
只有灰色的房子还有记忆
酒楼、茶铺
永远都有人光顾
我们在这里相遇
酒杯碰撞酒杯
只为打发一个苍白的傍晚

很多时刻也可以充盈
一个人坐在石凳上
怀念、展望，或者静静地看
孩子们嬉笑着
穿行在红色的灯笼里
国资大道的巨汉们
静默见证一条道路的神奇
（2023年3月）

建国门广场

只需一站地，便到了另一个世界
地铁站旁的广场上
一株玉兰正展示美丽
枝头上朵朵的纯洁
祝福春天，祈愿和平

我想起遥远的黑海
深陷在泥沼旦的坦克
成千上万流离失所的难民
孩童们褐色眼睛里
无辜、呆滞的目光

多才多艺的花甲老者
自弹自唱的戏曲里绽放青春
传统的评戏或京剧
有一种另外的悠扬
专业级的演出
只为愉悦自己
我忆起从前的岁月
《花为媒》《宇宙锋》，还有黑白电视

那个角楼守卫着一段古城墙
守护一个历史的隧道
长安街从沧桑穿越辉煌
崭新的纪元已经开启
出发吧
奔向更宏伟的殿堂
（2023年3月）

香港购物广场

从湾仔步行到维多利亚港
用脚步
丈量本岛
所有光鲜的楼宇都盛满
光鲜的欲望

人流、车流承载的不是梦想
或许是生活的无奈
我们追逐着日子
生活驱赶着我们
在岸边停下脚步
倚着栏杆，眺望
浪花舞蹈的彩色思绪
（2023 年 3 月）

威海之行

梦醒的地方

这是一个有故事的城市
半岛的尽头，是天的尽头
千秋大梦的皇帝
在这里魂断，梦却未醒
四千年天朝上国的梦
甲午风云的巨浪和炮声
击碎最后的信任
和几千年驯服的谎言

有的人在梦中大笑
然后在炮声中死去
有的人醒着仍在做梦
巨浪拍来，冰冷的浪
卷起装睡的人抛向碧波深处
梦是模拟的现实
可以推演，可以打开想象的世界
可以让意识自由地飞翔
一个民族的苦难
浓缩成黑色的花朵
一个永恒的伤疤
成为城市的灯塔
沉重的展厅里浮起轻轻的叹息
一张一张图片
一行行冰冷的文字
一个个沉重的惊叹号
标识了愚昧，也见证了不屈
华夏大地最屈辱的一页
泪水中慢慢浸过
苦难的后面会等来光明
磨砺中，一定会走出雄武的汉子
（2023年3月）

相约

跨越了时空
香江之畔到黄海之滨
红墙绿瓦和碧波万顷相遇
时空不会阻隔
36年的情谊
年过半百的汉子，双鬓染霜
沧桑中忆起少年的初心

经历一穷二白的时代
崎岖的路上艰难爬行
大洋彼岸曾经是梦中天堂
大脑被贫困灼烧
信念的大厦坍塌
会相信一切谎言

踏上飞速的列车
踏上一条自己的路
跨越一座又一座山巅
经过一个又一个
灯火辉煌的站点
回头望去
我们已在天上
巨龙腾飞的梦想
成为共同的经历
（2023年3月）

仙姑岭

一千多年前的女孩儿
曾经佑助风浪中漂泊的人们
膜拜中成为神秘的力量
荒芜的半岛
人烟开始聚集

人生需要有信念
走在泥泞的夜里
有灯盏可以照耀
彼此相扶
等到黎明的到来

从山脚到山顶
一个又一个广场
晶莹的塑像
仙子们用美丽和柔情
迎接四方的宾客
膜拜吧，或者祈祷
总有一种力量可以唤醒
帮助出海的人们挑战风浪

生命需要有支柱
建起梦想的殿堂
搭起舞台
歌唱或舞蹈
演绎自我的华章
（2023年3月）

平谷碧波岛

之一

桃花只属于四月
粉红的日子常有沙尘袭扰
这是京城的软肋
更是平谷的悲催
我早已远离那个节日
不再和青春拥抱

这一汪碧波
尽管不算丰盈
也没有妩媚的眼眸
仍然带来灵动的感觉
北方啊！北方
雄浑是永远的基调
今天我却感受到妖娆

绿色的草坪比绿色的湖水
更容易亲近
掩映在树荫后的石头房子
古朴厚重里流淌欧洲的风韵
直升机在湖上盘旋
水光山色和蓝天白云
映照
穿着婚纱的新娘与
深色西装的新郎
拥抱
亲吻面颊，亲吻阳光
从叶子的缝隙
投下的祝福
（2023 年 4 月）

之二

中午出发
去一个少有人提及的地方
向东行进
沿着京平大道
金海湖畔寻一份闲适
草坪上搭起凉棚
坐在小椅子上
吹一吹春风
等待温煦的话语
在水面上漂

鱼掌门的院子里停满了车
几间大房子里
一个餐桌连着一个餐桌
鱼群在池塘边等待喂食
火红的日子带来火红的生意
大丰收里有几分清爽
咀嚼几口新蒜
感受新鲜的味道
错峰出行诠释着智慧
滚滚车流里
独立、清醒
昙花一样绽放
浊浪滔天时
露出沉静的笑
（2023 年 4 月）

亚泰热带雨林酒店

晚上听了一夜的雨声
早上醒来，打开窗
花草葱茏，鸟儿正在歌唱
原是风吹林木的声响
陪我在绿色的波涛里入梦
酣眠一夜
负氧离子洗涤了心肺

热带是植物的天堂
花花草草、林林木木
高高矮矮、经过打磨剪裁的
原始雨林
送来一个又一个谜题
不需要知道名字
只需拥抱这份清新就够了

小径上漫步
在迷宫里穿行
一个岔路是一个世界
一个圆圈并不能回到起点
注定要拜访每一栋
掩映在茂密林子里的别墅
这里有很多梦想
也有很多遐想
这里适合隐居
适合疗愈
适合荡涤
一颗颗蒙尘的心灵
这里也可以出发
登上岛上最高的山峰
完成人生的又一次旅程
（2023 年 4 月）

五指山

岛上的第一面红旗
像一团火升起
照亮了琼中大地
红色娘子军的故事传播很久
革命的火种始终没有熄灭

信念的力量啊
还有那份执着和坚守
是通向优秀人生的捷径
今天
我们又在约定
重新树起一面旗帜
康养胜地成为一张名片
让大叶红茶飘香万里
成为璀璨的宝岛明珠

曾经的山路遥递
变成了通途
古老的通什镇
展焕新的容颜
一座座高楼矗立
迎接八方来客
（2023 年 4 月）

毛纳村

沿着伟人的足迹
我们是温习，还是感悟
奇迹就这样发生了
黎族少女甜美的笑
是最好的诠释

或许在这里只需住上
一个或两个夜晚
在如画的山水里漫步
时光变成了歌声
颂扬曾经贫穷的土地
（2023 年 4 月）

保亭什进村

这里的路更平坦
这里的风光更好
这里距离凤凰起飞的地方更近
这里更像一个度假村
什么时候
能够到这里放松休闲
在晚霞中漫步
回首我们走过的路
（2023 年 4 月）

茶园

从来没有这么明媚的茶园
从来没有这么平整的道路
四朵黎族金花
在阳光下盛开
见证一个时代的开启
（2023 年 4 月）

儿童乐园

夏日的海滩涌动着人流
炎热是永远的主题
骄阳照耀着长龙
漫长的等待考验成年人
孩童是天真的
暴晒中仍然充满渴望

多年以后，或许我会再来
带着下一代的下一代
在初秋的日子
选择一个人流稀少的时候
悄无声息地来和去
留下孩童稚嫩的笑容
美好的片段将在耄耋之年
燃起记忆的火苗
（2024年8月）

俄罗斯风情街

一条街道沉睡了近百年
劳碌的人们脚步匆匆
从这里走出，从这里经过
极少在意他的存在
饥肠辘辘的岁月
粮食、美味是所有人的向往
历史探究只属于少数人
肚子停止抗议后
探寻自我，寻找意义
从哪里来，又到哪里去
蓦然发现一种惊奇
这是一个城市的开端
伴随半个世纪屈辱的记忆

曾经荒无人烟的半岛
建起一条短短的街道
金发碧眼的异族们
找到异乡的天堂
街上的灯笼频繁变幻
东洋人又构建家园
身着和服的女人们闲庭漫步

屈辱或许是荣光的动力
不堪回首的压迫岁月
渔村蹒跚中向城市转变
咬着牙关，隐忍着泪光
迈向大海，走向大洋

所有的苦难都会有意义
在困苦中倒下又爬起
毁灭中消失又焕发生机
五千年的古国重新站立
创造世界独一无二的奇迹
（2024年8月）

东港水城

一个广场连着另一个广场
一个城堡连着又一个城堡
河流上漂浮木舟
承载着普通人的梦想
不必远渡重洋了
在这里吹一吹欧洲的风
品一品威尼斯的韵味

看一看梵高的画
向印象派大师致敬
疑惑中探究内心的黑洞
听几首钢琴曲
从柴米油盐中脱身

这里适合散步
适合发呆、做白日梦
放飞心情
浸润那一颗僵硬的心
（2024 年 8 月）

星海广场

市集正在拉动消费
商业大军粗暴地进入
践踏一片又一片绿地
亚洲最大的广场
成为一个巨大的集市
售货车的士兵列队相迎
平常的游戏在儿童眼里
变得神奇
杂乱是这个夏天的主题
我怀念宁静、整洁的早晨
（2024 年 8 月）

渔人码头

多么熟悉的场景
多少次在梦里、在他乡
彼此相识
小木船停满了港湾
东大沽的渔码头已经远去
涠洲岛上眺望白帆归来
似乎成为记忆

只有时光仍在前行
钟楼的时针指向天空
指向古朴的历史烟云
绿色的长龙起起伏伏
守住这片海域
守护古老的家园
（2024 年 8 月）

棒槌岛

这里适合散步
也适合沉思
冰冷的海水让赤裸的双足止步
浪花为你鼓掌
清风低声吟唱
海中央的那个山丘
成为一张名片
一颗明珠，耀眼夺目
镶嵌在半岛的皇冠

沿着石径漫步
穿行在一座座城堡
那里，曾经隐藏了很多秘密
与林中的鸟儿低语
诉说心底的秘密
每个人都有很多秘密
每个人都是一个秘密

铺天盖地的绿色
带来自然的慰藉
绵延起伏的群山
含情脉脉
在这片丰饶中
我却期盼秋天
斑驳的、五彩的，颜色被剥夺了
那也是真实的面孔
（2024 年 8 月）

老虎滩乐园

红蓝白的颜色
适合儿童，让成年人目眩
人流在骄阳暴晒下
不知畏惧地涌入
双足在滚烫的土地上行走
奔赴一个与极地的约会

海狮与你凝眸
企鹅摇摆着
走向你、走向他
孩子的眼睛里只有新奇
可以忘却炎热、拥挤
还有污浊的天空
孩童的心大多澄明
过滤掉烦恼、阴郁
什么时候，那面镜子已经丢失

当秋风吹起落叶
吹熄人们的热情
冷冷清清的海边
只有孤独的垂钓者
广场不再拥挤
我或许悄然而至
带着咿呀学语的幼儿
看一看大海
在这里学步
在这里洒下稚嫩的笑声
（2024 年 8 月）

去崇礼

戴着帽子，捂着口罩
披着冲锋衣
穿行在高铁站里
去旅行，在人海里遨游
回归森林，回归原野
从哪里来
又回哪里去
始终不能忘记的
那颗本真的心

俗常的生活
成为透明的铁幕
罩住你、我
还有白色头发、皱纹堆垒的
父辈
草芥总是被风霜塑造
只有苍松能够超越季节
一百分钟的穿越
冰爽的世界
呈现桑拿天的另一种可能
绿色涛声在草原起伏
骏马奔腾的历史
再现帝国的血泪沧桑

我们荣幸地成为收割者
胡马阴山的刀光剑影
农耕与草原交织、交战
拥抱和反目的片片断断
相爱相杀的情仇爱恨
是今晚的谈资
奠定中华古国崛起的雄浑
（2024年8月）

去通州

秋雨缠绵的背后
总带来冷冷的寒意
一柄冰凉的剑
闪着光
把守一道无形的门
一曲淅淅的雨歌
又是一首沥沥的秋曲
天空忽然间高远
披衣外出
是对身体的爱惜

澄明是季节的礼物
艳阳穿透洁白的云朵
照射黑色的眼睛
戴一顶帽子吧
挡住飞扬的思绪
也遮住目光的忧郁
踩在落叶的脚步
奔向一座崛起的新城
巨资打造一个民族复兴的灯塔
照亮注定坎坷的征程

东夏园、古月园、含英园
园子里没有古老的故事
洁净的道路上
书写幸福和憧憬
万象汇带来五光十色的想象
开启一个陌生又新鲜的世界
每个人都在一条河里
有人击水、有人游戏、有人漂浮
也有人沉溺
（2024 年 9 月）

迪拜之行

迪拜印象

波斯湾与沙漠相遇
金钱铸就了一个传奇
在中东上空飘荡
凌云宝塔指向天际
并不是骄傲地展示

沙漠上绽放娇艳的牡丹
不毛之地埋藏宝藏
巨型商场里涌动着人流
欲望、财富、白色的袍子
联袂出击
扫荡奢侈品的橱窗

压抑的世界需要出口
泯灭欲求的背后
会有繁华的殿堂
酒精、美食、娱乐
或许还有一些秘密场所
可以放松，可以让人驻留
（2024年9月）

迪拜机场

人流占据了走廊
潮水，从白天到深夜一直流淌
在这里漫步，感受奢侈品的天堂
商业是一首永远的歌谣
一直不停地播放
在角落里躺下
贵宾厅的沙发上短暂小憩
很快又要出发
飞南美，去欧罗巴
到贫瘠的大陆挖掘宝藏
或者到冷枪不断的世界
从这里中转，整顿衣装
再一次起航
（2024年9月）

迪拜购物广场

饭后在这里散步
走过长长的路
消化腹中的积食
奢侈品的店铺与我无缘
走过，路过，只为消耗晚餐的热量

五光十色的招牌
在物欲河畔矗立
游走的鱼儿，拥挤着前行
披着白色的袍子
不是王子，或富豪
石油堆积的财富
撑支笔直的腰板
我在这里漫步
在这里感慨
在这里祈祷和平
（2024年10月）

中东之家

沙漠依偎着大海
烈日照射着不毛之地
上天赐给贫瘠的荒漠
不仅是烈日、考验
还有丰沛的工业血液

石油人在这里耕耘、收获
微笑着捧起累累硕果
献给人类
一个小院撑起一个梦想
走向世界一流的脚步
在这里驻足、歇息
再出发，再行走
（2024年10月）

天选之地

八百万平方公里的沃土
绿色的田畴一望无际
黄色的玉米在这里创造
在这里成长
为地球人送去新的能量

大西洋的飓风极少光顾
战火几乎绝缘
牛儿尽情享受青草
深埋地下的宝藏
与炼钢炉的烈火一起
铸造钢铁的城墙

温饱是基本的底线
南美人从未触碰
安逸、快乐的旗帜一直飘扬
跳起桑巴舞
绿茵场上驰骋
上帝垂青的地方
十字架下总是笑意飞扬

富足不能练就坚韧意志
肥沃土地是懒汉的温床
天选之地不能创造奇迹
文明的脚步并不顺畅
公元1500年的轮船
停泊靠岸

枪炮掩护下的小分队成为霸三
臣服、摩擦、融和
总是一个不变的公式
五百年风调雨顺
五百年人种交融
一个新的文明屹立
（2024年10月）

巴国油

盐下深水打开新的空间
通向未来，通向财富
吸引全球的目光
上帝果然格外青睐
二十一世纪
又送来最贵重的礼物

五万桶是一个惊奇的数字
一天的贡献等同一年
惊羡了华夏古国的同行
科技的力量成就深水的辉煌
携手合作
共同缔造人类的梦想
（2024年10月）

海滩

南半球的天亮得很早
阳光直射着，耀眼夺目
沙滩上嬉戏锻炼的景象
诠释健康快乐的天堂

男人光着黑红色的脊梁
比基尼是普遍的服装
火辣的身材吸引不了目光
只有外地人驻足观望

排球、舞蹈、做操
沿着海边慢跑
大西洋的风，温煦清爽
和平图景里
揭秘平和的基因
（2024年10月）

里约贫民窟

街道有些陈旧
房子朴实无华
穿着朴素的人们进进出出
贫困的标识没有显示

异乡人在这里漫步
眼睛们悄然关注
一把枪，突然抵住腰眼
财物的交出成为惊恐一幕
（2024年10月）

2

心海涟漪

拥抱真我

朋友

我从沙漠来
带着风尘、泥土和疲惫
只为见你
捕捉相逢时的凝眸
微笑的小鸟很快飞走
化作永恒的底片
用思念冲洗

纯真变得稀缺
开怀大笑成为奢侈
虚伪的年代
我们相逢
彼此的眼眸里
清澈的溪流

那一天
我们尽醉而归
为了庆贺
相知相识的一刻
（2017年7月）

我

我穿着铠甲
戴着头盔
走过沙漠
走过大河
走过都市
走过寂寞

我怀着赤子的心
红红的
柔软的
像娇艳的牡丹
只为你盛开
我爱的人
爱我的人
（2017年7月）

相聚乌海

穿过大半个中国
我们从五湖四海走来
只为一份爱

到沙漠看海
绽放你的温柔
我的野性
大漠湖城留下人生豪迈

沙漠里光脚前行
吉普车一起翻滚
芦苇荡里的陷阱
每个人心甘情愿地沦陷

因为南开
激发了心中的爱
欢歌笑语把疲惫击败

你的榜样
我的旗帜
增添鲜艳的色彩

戈壁里行走
细雨中前行
发出生命的感慨
激情澎湃着荒凉人生
（2017年8月）

给妻子

曾经一个人
默默地哭
躲在角落里
让泪水化解心中的痛苦
那时
孤独是一把刀，扎向两颗心

一人在异乡
一人在远方
夜晚的火虽然明亮
却不能照亮家里的卧房
亭亭玉立的女儿
长了翅膀
就要飞翔
她的背影
变成你我的忧伤

孤独的岁月
暗夜里可以练习坚强
平坦、泥泞，或者坎坷
彼此在身旁
每个清晨
可以在微风中
看见鲜红的太阳
（2017年10月）

再见了乌海湖

轻轻地我走了
装着沉甸甸的友情
想念、回忆
格桑花般的笑脸
在湖光里荡漾

未来的路上
回望你的眼眸
浅浅的笑意
注入力量

轻轻地我走了
不带走一粒黄沙、一滴水珠
沙漠的那一轮红日
印刻在心间
黑褐色的寂寥
超越坚强

钢筋水泥的森林里
没有星光的夜晚
我会放歌
唱一曲穿越荒凉的蒙古长调

轻轻地我走了
不去拥抱，也不招手
心与心的相连
跨越万水千山
（2017年11月）

相逢

洁白的莲花
绽放在细雨的早晨
相逢时的凝眸
充满了欢欣

河边的垂柳
长发齐腰
浓情蜜意地相视一笑
自由在风中飘

握手的瞬间
闪电划过夜晚的星空
阅读内心的诗篇
小溪从山间欢快流淌

相逢就是告别
我独自启程
背着挎包
戴着遮阳帽
走向旷野
开辟一条人生的小道
（2017年12月）

离别

虽然要走了
却不是分离
心与心紧密相连

虽然要走了
却不是告别
小酌的美酒令人开怀

即使分离
也不必伤感
团聚的时刻令人向往

即使告别
也不必失落
我们变得坚强

未来的路上
雨雪风霜
有你相伴
就不会悲伤
（2018年2月）

迎接新年

今天
我们穿戴齐整
盛装出征
一身干净
迎接一个时刻的到来

所有的仪式
都有寓意
所有的心情
都饱含希望
红色的花朵
装扮冬日
春光照耀大地

坚强的灯
照亮灰暗困顿的生活
阳光会飘过每一寸土地
送上一份祝福吧
为每一个陌生的人
（2018 年 2 月）

看望恩师

有的人退休了，他仍在战斗
有的人还在岗位，他已经退休了
有的人四十岁，他已经老了
有的人八十岁，他仍然年轻

生命可以浑浑噩噩
木偶行走在街上
生命可以激情澎湃
成为永不凋落的花朵

在生命中相遇
上苍最大的恩典
我选择永远绽放
做真实的自己
在我们的剧本里
潜能从生命深处喷发
奇迹在平常中创造
每天我们都书写自己的传奇
（2018年2月）

一起看老照片

那一天
我们共同翻看老照片
见证你的稚嫩，我的沧桑
鲜花盛开的季节
笑声爽朗
岁月的烟火，熏黑的只是面庞
我的豪情，荡漾三月的春光

婴儿的眼睛，单纯而明亮
儿时的岁月，小溪流淌
青春的你，偶尔有忧伤
马兰花一样的淡定
穿越荒凉

有的人走散了
消失在人海茫茫
有的人认不出模样
相识成为伤痛
有的人消逝
早已经遗忘

不用叹息
也不需要泪光
我们一路走来
雨雪风霜，从不彷徨
擎举着火把，相扶着
黑夜不再漫长
（2018年2月）

无题

人应该有一个灵魂的故乡
隐藏着回忆、甜蜜、渴望
痛苦疲惫时
在那里疗伤
乌海就是这样的地方
（2018年2月）

老同学相见

你的脸上闪耀着加州的阳光
我的身影刻画沙漠的苍凉
大鹏起飞的地方
荔枝树下繁花似锦
握手时的微笑
离别就在昨天

三十年的光阴
岁月溪流冲洗
温润如玉
如你黑黑的眼眸

企鹅的身材
仍能长出翅膀
到蓝天翱翔
有心的地方
人间也是天堂
（2018 年 2 月）

别离

君正花园的桃花开了
春天来了
我要走了
记忆和心留在这里
还有甜蜜

朋友们聚齐
相聚也是别离
酒精点燃了情意
红色的火苗升起
爱在欢声笑语里传递

虚假的年代
真诚值得喝彩
打开了心扉
风带来了凉爽、惬意
美好的日子
心和心愉快地撞击
友谊的鲜花不一定绽放
珍惜吧，即使石径边的野菊
是星星点点的情意
有爱的地方就是故乡
（2018年3月）

致老同学

播下种子，收获秋天
狂放不羁的浪子
孤独在老年相伴
中规中矩的女人
除了孩子、丈夫、家务
自己没有了踪迹

自由需要付出代价
世俗的力量
不停的风
小草无奈地摇摆
走过半个世纪
最终收获了美丽

做真实的自己
内心的歌谣
响起在深夜
走过沧桑
走过平淡
一个人站在桥上
看一眼不息的人流
没有叹息
太阳照耀富饶的大地
生命的金秋里
追逐风中的自由
写诗、舞蹈、读穿越小说
马拉松赛场上的身影
只为感受命运的神奇
（2018年3月）

相聚金链花

金链花开了
春天来了
黄色的星星洒满草地
少男少女们
嬉戏追逐
银铃响起
笑声在风中飘荡

我们的青春走了
生命的田野富饶爽朗
秋风吹动麦浪
我们手挽着手
舞蹈歌唱

或许有秋风吹起落叶
或许寒雨敲打木窗
橘色的灯光下
我们轻声谈论孩子、成长
还有父辈的死亡
（2018年3月）

窦店相聚

八十公里的路程
冲过雾霾
只为见面时的会心一笑
溪流汇成江河
热烈的情感奔腾

离别的日子并不遥远
因为草原
因为沙漠
相思变得饥渴
情感的溪流
唱起欢快的歌谣
鲜花盛开的时候
生命的田野分外美丽

每个人的心底
深埋生命的暗流
渴望升华
歌声嘹亮
一团火
点亮昏暗的生活
（2018 年 3 月）

芳华

我们相逢在青春的年纪
小草正绿，杨柳依依
亮马河流淌着浓情蜜意
梅地亚刚刚崛起
金台路充满着野趣

很多人常常叹息
岁月像一把杀猪刀
韶光易逝，车轮滚滚
人类无能为力

不经意间
我们书写了传奇
走过半个多世纪
岁月不曾留下痕迹
桃花盛开的三月
生命散发春的气息

因为常相聚
分享彼此成长的欢愉
精彩的故事演绎
纯净的小溪流淌
焦虑和衰老被荡涤
彼此的眼眸里
芳华不曾逝去
（2018年3月）

聚会

那一夜发生了什么
骑着车，迎着风
黑色的头发飘逸
人行道上
迎面的行人肃然敬礼

酒精点燃的不是情感
是不老的青春
歌声在工体西路撞击
取之不尽的笑声和纯真
不用追忆

人近半百的年纪
早已告别了狂喜
少年人在中年的午夜
相约着出击
自由的灵魂
可以创造奇迹
（2018年3月）

珍惜有缘人

我看你一眼
看见一片湖
波光盈盈，闪动着情意
你与我的凝眸
继续几个世纪的默契
完成千年的约定

如风的话语
吹开心灵的门
语言的溪流汇聚
流淌着愉悦的浪花
每一次相聚
变成长久的回忆

我们相遇，微笑、交谈
仿佛多年未见的老友
每个人都是一个世界
心与心的连接
爱在更广阔的天地流动
冰冷的时光河流里
感受生命的温暖
（2018年3月）

我们从塞外来

雨的钢针洒落大地
寒冷的利剑让皮肤疼痛
天空是一口黑色的巨锅
心情失去飞翔的愿望

枯燥平淡的日子
渴望友情的甘霖
心房关闭久了
潮湿、阴暗变成抑郁
一把钥匙、一束阳光，成为奢望

塞外的风吹来
干爽的气息沁人心脾
嘹亮的歌声点燃欢乐的火苗
酒精的清泉荡涤阴郁

你从草原来
骑着马、唱着歌
捧起蓝色的哈达
我们围着篝火，尽情地跳、尽情地笑
有你在
绿色的波涛
沙漠的绸缎
还有震动树梢的大笑
让所有烦恼遁逃

（2018年4月）

康桥镇的日子

那段日子很放松
背着书包
迎着朝阳
步行中回忆学堂时光
童稚的笑声回荡

海派的风格
清新海风，吹来
鲜艳的故事
见证一个又一个传奇

久违的老友相聚
舞动言语的剑
带着笑意
观点与观点对阵
一条大道变得
更加清晰

用脚步丈量
宽阔的校园
心的絮语撞击
小鸟歌唱
鲜花露出笑脸
绿色的士兵排成行
迎接一群中年人到来

登上一层楼
望见田野、望见黄浦江
遥望太平洋彼岸
鸽子用翅膀划出和平的彩虹
梦想在风里鼓荡
十年后相约再见
见证新的辉煌
（2018 年 4 月）

致出海的兄弟

分别的那一年
我们都还年轻
欲望的刀子宰割青春
城市的闹钟常常惊醒美梦
我迷失在繁文缛节的迷宫
身心疲惫，肚腩鼓起

时光在你脸上驻足
如十年前纯净
蓬勃朝气像海鸥一样轻盈
坚毅勇武是一种气质
与大海为伍，和苍天博弈
铸就生命的淡定

人生需要一点精神
或坚强、或百折不挠
逆着风，艰难前行
只为生命航程的终点
留一些尊严、荣光
露出舒展的笑容

人生需要一点情怀
为了民族、社会
还有父老乡亲
走出私欲的泥沼
站在甲板上，吹一吹海风

人生需要一点奉献
告别花前月下，儿女情长
摆脱束缚的枷锁
与小我分离，放在卧室或窗台
拥抱大我，视野更加辽阔
相会的时刻，情意更浓

人生需要一点纯真
最纯正、最真实的自己
沉浸在清澈的溪流
告别冲突、纠结
举着理想的旗帜
上路、前行
（2018年4月）

青春刚刚开始

那个时候，我们都很年轻
光滑的下巴没有胡须
荷尔蒙的泡沫
如同啤酒
碰杯、大笑、熬夜
挥洒着青春的姿势有些狂放

虽然，阅读的田野空空荡荡
孤独的小树占据视野
经历是没有墨迹的白纸
但是，言语像刀片一样锋利
思维的剑很单薄
气势如虹，透着白光
我们挥舞着，刀剑搏击的声音
在月光里传递
都以为自己掌握着真理

走过时光的隧道
人生的列车上
苦难、丑陋成为风景
莱州湾的会晤
跨越千里，跨越青春
跨越神州的变迁
海风吹走沧桑，带来笑语
青春和中年在今晚握手
我们拥抱大海
拥抱山峦起伏的岁月
拥抱少年的自己

争论是一个向导
带入另外的世界
青山绿水的背后，满目疮痍
繁华秀丽遮挡着苦涩贫瘠
沉重的叹息和烟雾升起
早晨起来
彼此都踏上行程
信念、信心，鼓起了风帆
汹涌激荡的大流里
你我的青春刚刚开始
（2018年5月）

女儿毕业典礼

穿着黑袍
戴着高帽
接过红色的证书和叮嘱
仪式的容器装着能量
初心和渴望，轻盈荡漾
心中的灯盏，散发热量
照耀下一个旅程

告别是为了更好出发
前方的路很远
大雾弥漫
犹豫、困顿时
回望创造太阳的火炬
还有今天的日子和画面

感恩的心湖溢出光、热
担当的双肩征服重任
在成就自我的路上
荆棘丛生，汗水涟涟
微笑的脸庞
晨光一样闪现

（2018年6月）

夏日小聚

一个闷热的夏日
走在街上，汗流浃背
黏稠的感觉，酸馊的味道
叹息撞击着脚步
生命是一场无聊的旅行

一场欢聚，一场荡涤
清泉洗濯日子的污垢
草原的风吹来清爽
欢笑碰撞着酒杯
心灵跳起舞蹈，唱起尽情的歌

我用笔镌刻，在时光的石柱上
一朵朵鲜花盛开
当一切淹没在岁月里
纸片里寻找
多年以后，某一个黄昏
愉悦酿造的美酒
滋润沧桑的心田
（2018年6月）

相聚

孤独在人潮的缝隙里穿梭
相遇陌生的目光
平和的眼神
盛开圣洁的荷花
大脑是激素的玩偶
神经递质的流动中
我们都是奴隶

老友相见
冷漠在笑声中逃遁
苦和累的块垒
情感的溪流里消融
愁烦的心事
用笔写在纸上
半夜醒来又睡去
我看见梦境
看见那些平凡的日子
小石子铺就通向未来的路

揭开神秘的帷布
走向人群
静谧的咖啡厅
淡淡的香味飘过
微笑浸润心灵的土地

面对孤独、面对自己
成为一道永远的课题
找一条通向自我的路吧
那座山
注视每一朵野花、每一株小草
都会有生命的惊奇
（2018年8月）

给远方的老友

老友是一坛老酒
情感和纯真酿就
日子越长
香味越醇越厚

万水千山阻隔了身体
心和心的桥也能连接
在炎热的生命季节
撑起一片阴凉

酒杯与酒杯碰撞
唱一首歌吧
感谢上苍的恩典
感受
岁月的味道更浓更香

老友是青春的还魂丹
儿时的笑颜
绽放在永恒之时
娇艳的花朵从不凋谢
两鬓斑白时
少年的笑声依旧响亮
（2018年9月）

飞往北海

我要去远方
在空中翱翔
鸟儿一样
逃离日子的牢笼

信息的炸弹
摧毁宁静的家园
心灵的堡垒一片硝烟
梦里听到城市的哀叫
男人的骂声
女人的哭泣

心壶摇晃着
污浊一片
岁月褪色了
沉淀成白色的水垢

行走的路上
宁静的清泉浸润
风帆带着思绪远航
海风送来清爽
（2018年9月）

相遇

我望向远方
眼光空洞
秀丽的山川
雾气迷茫

一束灯光闪耀
你的眼神划过夜空
照亮灰暗的心
（2018年11月）

双十一节小聚

可以是光棍节
几个数字站在一起
成为一道独特的风景
可以是物欲释放的日子
尤其是感性的女生们
用货币的武器
表达自己的权力
感受神经末梢的快乐跳动

可以是好友举杯相庆的日子
为了愉悦
心和心也在碰撞
清澈的溪流，荡涤灰色的阴霾
酒精和笑声
点燃那个中午的焰火

我们来到这个世上
常会感到孤单
欢声笑语里相遇
找回多年失散的兄弟
（2018年11月）

挂友小聚

从草原到沙漠
从塞外到京师
每一次相聚
烈烈的火
烧掉阴郁和雾霾

每一次相逢
都是一次撞击
平淡的白水化作酒精
失散多年的亲人
烧酒中重温模糊的记忆

每一次分手
心底的不舍，不曾变成泪水
即使关山阻隔
相聚也是平凡无奇
（2018年12月）

日坛南门

祭拜太阳神的地方
树木刺向天空
没有绿草，只有荒芜
寒风吹起夜幕
我们在路灯下相遇

凝视里是深深的渴望
沸水升腾起情感的热气
在这个世上
每个人都很孤单
拥抱着才能度过冬天
（2018 年 12 月）

莲花池

没有盛开的莲花
那一汪水还算清澈
望见远处的城楼
古城的风韵掠过

夏天的时候
从东城到西城
是否算作一次跨越
看一眼芙蓉仙子的芳容
为完成一个承诺

时间在中年人的日历里
不计成本
心满意足的微笑
胜过点击钞票的快乐
（2018年12月）

写给2019年

拥抱每一个日子
眼睛的相机
捕捉
触动心弦的瞬间
悲忧或欢欣
泥泞和亮丽
化作七色的颜料
涂抹人生的画布

思绪的小鸟
掠过记忆的天空
鲜艳的花朵绽放
装扮缤纷的生命
只为了
走过奈何桥的一刻
留下一抹微笑的晚霞
（2019年1月）

老同学

我们曾经在青春里相遇
木棉花送来淡淡的清香
丝丝情意在细雨中飘荡
回眸的笑
湖水里闪动青涩和甜蜜
我望向阴郁的天空
没有星星闪烁

所有的印记
似乎都在梦里
五十个春夏秋冬
柳树绿了，梨花谢了
泥泞的海滩上
崛起城市的森林
我们一起见证
牡丹花绽放的传奇

握手的那一刻
眼睛读到了纯净
欣喜的火苗
点燃着什么
是岁月？春天？
还是那些闪亮的日子？
有你在
我就不会老去
爽朗的笑
染黑斑驳的白发
（2019年4月）

清晨

早晨的迷雾
有一点点的味道
那是
日子烧焦了

深深地吸气
长长地吐出块垒
腹部觉察自我
丹田和世界合而为一

微笑的花
悄然开放
淡定的心田
阳光照耀，雨露滋润
一个新奇的日子
和我并肩前行
（2019 年 6 月）

写给涠洲油田

之一

铁蜻蜓掠过碧海
浪花绽放笑脸
欢迎远方的客人
那一刻，孤独的心田
有泉流淌过

钢铁城堡守卫着海疆
黑金注入了车轮
共和国前行的机车
驶向民族复兴的巅峰
28个日日夜夜的坚守
靠这份期盼支撑

听老者分享智慧
照亮了灰暗的空间
回首看一看
那些坎坷泥泞的日子啊
甚至，不曾有明媚的渴望
所有的梦想仿佛突然实现
我们集结后，又一次出发
（2019年12月）

之二

今天，我要唱一首歌
讴歌蓝天、碧海
钢铁堡垒上战斗的汉子
意志的铜墙
庇护
千家万户的灯光

今天，我要写一首诗
赞美，你、她
千里之外的白发亲娘
你用孤独守护一片洁净
白海豚常来表达谢意
你用寂寞酿造美酒
滋润黄土地，盛开艳丽的花

今天，我要拿起笔
绘就一幅图画
400万吨的黑金
闪耀质朴的光泽
照亮了幸福的日子
你默默劳作的身姿
是每一个夜晚，最美的剪影
（2019年12月）

我的心

我把心剖开来
鲜红的心脏
涌出汩汩的血浆
在阳光的照耀下
充满了力量
（2020年1月）

挂友聚会

荒原与沙漠
遥望、思念
我们排成雁阵
飞过祖国北方的天空
点燃沉睡的豪情
火一样燃烧

我和你，握手、拥抱
穿越城市的迷宫
跨过日子的枯燥
酒香的温柔里
品读爱的芬芳

塞上的风
送来红色的消息
高铁的巨龙，托起清凉的渴望
冬天和夏天约定
热浪袭来的日子
我们在草原的夜空下
唱响自由的歌谣
（2020 年 1 月）

同学聚会

老朋友好久不见
握手时，情意绵绵
心与心
常在思乡的梦里相逢
岁月的刀
雕刻青涩的情缘
校园的月亮
夜深人静时
照亮寂寥的芦苇荡

抛开烟火与酒精的袭扰
为了相见时
真诚地拥抱
纯真地笑
驱走严冬的料峭
有你在
青春就不老
生命的火
熊熊燃烧

曾经见证
盐碱地崛起的雄奇
曾经踽踽独行在
泥泞的小路
如今，成为飞翔的鸟
翱翔在天际

今天
我们要立下一个约定
共同拥抱中国龙
飞翔天宇的时刻
民族复兴的荣光绽放
笑容比烟花更灿烂
（2020年1月）

致扫雪的环卫工人

片片花朵
从天宇降落
那只神秘的手
写出一道道考验的题目
白色，象征着纯洁
也可能是祭奠

湿滑的路
成为一条条险途
阻住迈向梦想的脚步
钢铁盔甲的卫士
守护今天
无情的杀手悄悄登场
我带着忧虑，走出家门
是去战场
也许滑倒在征途

橘黄色的身影
是一朵娇艳的花
在阴郁寒冷的天气
带来一片春光
哀伤，落荒而逃
整洁的马路
驱逐了忧虑

我昂着头
走过桥梁，走过街头
我停下脚步
低下头
表达一份敬意
在这个湿滑的日子里
你是真正的英雄

（2020年2月）

海油子弟

那时候，蓝鲸岛是一片荒凉
石油人的楼宇
孤独地站立
凝视东沽码头上熙攘的人群
归来的渔船，载着希望
孩子们可以在芦苇荡捉迷藏
对着海河放声歌唱
蓝色的浪花是静默的观众
哦，那种无拘无束的自由
是成年后深沉的渴望

父亲出海的日子
学会与寂寞为伴
在旷野里奔跑
坟茔间的游戏
死神的恫吓变得苍白
哦，那种独特的基因
让你淡定面对灾难、挫折

很小就浪迹天涯
戈壁滩上跋涉
干打垒里，听风的呐喊
大海的怀抱里
搭起绽放光彩的舞台
哦，那份责任、坚韧、笃定
寄存在大沽口心灵的故乡
（2020年9月）

面对生命无常

蝙蝠穿着黑色的斗篷
突然降临在窗前
送上巨大的惊叹号
悲伤的河流
漫过街道
漫过城市的灯光
星星点点的泪滴
照亮漆黑的夜路
我一个人默默独行

灾难的雷声
炸响
利刃折断了
突降的大火
没有让一切化为灰烬
我愿接受命运的安排
坚定地走向灰暗的山谷
一定有灿烂的花朵
绽放
（2020年9月）

向四千万吨冲刺

隆隆的鼓声响起
红色的旗帜猎猎飘扬
剑戟闪耀着银色的光芒
石油战士的方阵
庄严肃立
出征！出征！
华夏最大原油基地
将由我们的肩膀托起

胜利孕育着胜利
梦想缔造了奇迹
10万吨到3000万
书写了不朽的传奇
大沽口的风和浪
可以作证
战天斗海的汉子
担当、责任
磨砺出能源报国的勇毅

只有孤独的大海
没有寂寞的人生
冲刺4000万的征程
是一曲绚烂的乐章
投入专注的日子里
汗水中有丝丝甜蜜
奋斗者的智慧和拼搏
凝聚成最美的记忆
（2020年9月）

风帆渡海的时刻

所有的泥泞终将过去
所有的黑暗必被黎明驱赶
所有的暴雨一定会停止
只要不倒下
信念的火苗
一直燃烧
胜利的微笑一定浮现
黄澄澄的果实
挂在枝头

大浪淘洗了泥沙
困苦磨砺出金子
古老民族的坚韧品质啊
是不竭力量的源泉
红色的旗帜
插在复兴的山巅
共和国，我为你自豪
拼搏努力后的笑
是成功者最好的奖赏

秋风送来清爽
彷徨的阴霾消散在风中
金色的丰收季里
人们跳起欢乐的舞蹈
庆祝，伟大祖国的生日
出发，征服波涛汹涌的航程
相约着，风帆渡海的时候
我们一定再相聚
斟满酒，举起杯
向奋斗者致敬
为我们自己喝彩
（2020 年 9 月）

祝福新人

秋风吹走了阴郁
带来金色的喜悦
丰收的锣鼓响起
鲜艳的花朵绽放
海河流淌最诚挚的祝福

今晚，一对新人开启美满的旅程
黄浦江送来红色的消息
塞北的风吹来甜蜜的话语
两鬓斑白的我们
与青春和爱情相遇
见证你们的誓言
送上我们的祈愿

忠诚是婚姻的基石
包容是金玉良缘的仙丹
二十年后，我们再相聚
忠贞，让你们天长地久
友谊，让我们地久天长
（2020年10月）

秋日小聚

秋风的大军深夜突袭
利剑斩断黄色的丰收
温馨的面纱刮走了
海河在呜咽
悲苦的水啊
静默浸润着岁月

顺德菜用美味留住热情
男人们在酒精里
遥想夏天
貌美的姑娘们
浅笑里谈论
孩子、未来，还有健康

岁月用刀子割破幻想
中年人在正午的阳光里
嘲讽过往的灾难
品着红酒
讲述着泥泞、灰暗、坎坷
仿佛主角不是自己
（2020年10月）

咏秋

叶子黄了、红了、紫了
送给季节最后的礼物
壮美的瞬间
留下
秋是丰收的季节
华章悄然落幕
秋风的大提琴里
我低吟着生命的歌

辉煌与凄美
或许是失散多年的姐妹
躯体里流淌同样的血
五彩斑斓的后面
常常是萧瑟、苍凉
踩着幽径上泛黄的枯草
我遥想曾经的繁华

水塘的柔波里
红柿子挂满枝头
那是献给大地母亲的心意
我的眼眸里
飘满秋天的精灵
人在这个世上
总要贡献点什么
一片落叶
也能点缀季节
（2020年10月）

祝新婚美满

秋风吹走了阴郁
蓝天和白云，用一片洁净
表达美好的祈愿
幸福的锣鼓响起来
欢乐的歌儿唱起来
蓟州城绽放笑脸
送来最诚挚的祝福

一对新人开启幸福的姻缘
你们是上天注定的佳偶
千年的修炼轮回
换来今世的同床共枕
黄崖关的风诉说甜蜜的话语
翠屏湖的水
闪耀爱情的柔波
盘山的青松
见证你们的誓言

忠诚撑起婚姻的殿堂
包容是金玉良缘的仙丹
坚守彼此的承诺
用互敬互爱扛起家庭的重担
忠贞，让你们天长地久
责任，让你们婚姻美满
（2020年10月）

告别2020，拥抱2021

寒风不能吹熄奋斗的火苗
奋斗是幸福的秘诀
坎坷不能阻挡前行的脚步
前行是强者的选择
冰雪不能冷却创新的热情
创新是成就自我的钥匙
困苦不能折断飞翔的翅膀
飞翔是优秀人生的梦想

雄鹰搏击长空
注定要经历暴风骤雨
侠客笑傲江湖
注定要饱经霜雪磨砺
民族复兴的路
不会只有鲜花、笑脸
所有梦想成真的背后
都有深夜的煎熬
苦涩的汗水
是爱与平和的源泉

我不企求顺利祥和
跋山涉水是人类的宿命
我不企求繁华辉煌
平淡是最长远的画卷
我不企求金玉满堂
健康是永不熄灭的灯笼
（2021年1月）

写给逝去的2020年

你是一段泥泞的路
前行途中的大雨滂沱
挫折总是不期而遇
攻城拔寨的失败
总是出乎意料

你是不得不喝的中药
医治身体
品尝了苦涩
艰辛不再是畏途
我们变得更坚强

你是连绵阴郁里
挣扎无力的日子
煎熬，煎熬
我们学会了乐观
自我小酌中
把困苦消融

我不想和你说再见
不愿与你重逢
但是
我们注定要相遇
在时光的长河里
我无处可藏

未来的岁月
还会有
一杯又一杯苦涩的酒
我会唱着歌
喝下去
那一团烈火
让我燃烧
（2021年1月）

老友聚会

笑声被严冬压制了
寒冷的画笔描绘不出春天
我忘记了节日、快乐
还有内心深处的呼唤

一杯酒
点燃了情绪
红蜡烛照耀峨眉酒家
古色古香的家具
带我们走进历史的隧道

京腔京韵
花脸的对白
让日子增添了古朴
这个需要意义的节日
欢笑中激发力量
为了应对明天的苦难
我们举杯畅饮
（2021年1月）

献给锦州油田的弟兄们

寒冬的大军，忽然大兵压境
风发出连绵的吼声
吓坏了温室里的孩子、女人
雪的兵团还没有出发
温度计的警报已经响起
21 世纪最冷的冬天啊
已经降临在华夏大地
死灰复燃的新冠魔王
又要掀起恐怖的旋风

零下三十度的气温
没有让厚重的冰块屈服
集结成小分队
向钢铁巨人发起
轮番冲击

破冰船的武士
手挽着手
不舍昼夜
筑起能源保障的铜墙铁壁

锦州油田的灯光彻夜不眠
巡检的侠客们
全副武装
楼梯上，迈着坚毅的步伐
风的刀子、冷的长剑
没有了脾气
别人眼里的奇迹
只是弟兄们海上归来后
轻缓地低语
双手捧起珍贵的黑金
献给远方的亲人
那是海油人最真诚的心
（2021 年 1 月）

献给蓝色国土的英雄

寒风在今晚撒野
冷酷是这个季节的主题
街上的人都遁逃了
我们却用意志、行动
举起鲜艳的旗帜

与大海为伍的人
风雨中的前行
似闲庭信步
习惯了战风斗浪
在呼啸声中吟诵诗篇
那是你我生命里
最质朴的底色

豪情点燃沉睡的梦
冲天的斗志
梳理油腻的头发
干杯，干杯
为了壮美的人生
敬礼，敬礼
向共和国复兴号巨轮
自豪，自豪
为了蓝色国土奋战的英雄

（2021年1月）

写给深海一号能源站

这应该是一座丰碑
矗立在碧海深处
望向南中国海，望向
粤港澳
用孤独而坚毅的肩膀
支撑起这个世界的繁华
蓝色的火苗
跃动在千家万户的灶台
男人、女人、孩子们
脸上洋溢的幸福微笑
对能源报国者们
最好的奖赏

这必须是一座丰碑
屹立在红色的石油史上
坚毅的目光
见证
从荒原到大海
从近海到深水
今天
我们出发
开启海洋强国的新传奇

这应该是一座丰碑
让航空母舰
刮目相看的钢铁堡垒
诠释海洋工程的辉煌
焊枪拼接的线条
环绕椰岛
骄傲的棕榈树向你致敬
三个全球第一
不仅是证明
更是雄武的宣告

这一定是一座丰碑
屹立在人们记忆的田野
四千位能工巧匠
不舍昼夜
用汗水和智慧
缔造奇迹
把疫魔踩在脚下
远离故土和亲人
拼搏中成就人生的豪迈
这些日子
一定是暮年时
眼眸里最耀眼的星星
（2021年1月）

写给海油楷模

一个社会应该有楷模
一盏灯照亮黑夜
一束火温暖心的冷漠
一座丰碑
给迷离的目光
带来希望

一个集体应该有楷模
大海里的灯塔
指引航船前行
山间的温泉
驱走寒冷
洗涤精神的污垢

战天斗海的汉子们
需要有楷模
飘扬的旗帜
带来力量
跨越
能源报国路上的坎坷
险阻
（2021年1月）

最美海油人

自私的人应该被鄙夷
眼睛里只有自己
看不见远方的风景
跋涉在私欲的泥潭
生活在狭窄黑暗的深井

懒惰的人应该受唾弃
肢体戴上了锁链
蜗居在肮脏的巢穴
腐烂的气息
玷污人类的尊严

愚蠢的人应该远离
苍蝇撞向玻璃
以为拥抱光明
头脑里生出
怪诞的翅膀
在自恋的天空
飞翔

你们是最美的人
用勤奋描绘绚丽的图画
万家灯火、车轮滚滚
每一束光、每一分热量
有你们的汗水
所有的苦与累
在人们的幸福欢笑中
荡涤

你们是最美的人
用奉献、担当
扛起山一样的责任
和大海共舞
与风浪搏击
红旗在蓝色国土上飘扬
你们用淡定驱赶孤独
巨浪滔天的凶险
只是云淡风轻的谈资

你们是最美的人
用意志、智慧
走过坎坷、泥泞
成就了豪迈、坚强
谱写一曲英雄的赞歌吧
唱给自己，也唱给伟大的时代
那是人生篇章里
最浓彩壮丽的一页
（2021 年 1 月）

写给一位新年逝去的老人

钟声刚刚敲响
没有带来喜庆、欢笑
几个日夜的饥饿
把健壮打回原形
你睡去了
别人的祝福视频中
不会有自己的声音和身影

最疼爱的小孙女
在新开张的小店里
书写着自己的梦想
偶尔打来一个电话
用甜美的声音送来问候
你张着嘴，是一条渴望水的鱼
一滴两滴的雨露
能留下最美的回忆

大孙女带着儿子
奔波在知识的海洋
憧憬着绿意盎然的未来
你是灰色的土地
隐入遥远的天际
孙子在海上迎风斗浪
寒风吹来愁绪
缺少你的信息

儿子们来了又走
这里是一个庙宇或牌局
烟雾缭绕，香火旺盛
人间烟火里的热闹场面
欺骗了健康

早习惯了孤独
习惯了麻木
饱一顿、饥一餐的日子
和小院的野草一样丛生
没有多少人在意
偶尔会思念伴侣
25年前，她走时
圆满的家有了巨大缺口
盛不满剩余的亲情

走了，就轻轻地走了
从一个空间到另一个空间
悲伤很快被寒冷替代
追悼会是一个宣告
简单地画一个句号
所有人开始新的日子
你静静地躺着
面色平和
仿佛，七十多年前从故乡走出
对未来充满了希望

（2021年1月）

关于贺信，关于批示

一条通天的路
在脚下延伸
在心里铺就
我沿着信念的台阶
一步一步攀登

贺信是一盏灯笼
悬挂在海的中央
像梦一样
在夜里游荡

相信成功吧
所有神奇的降临
都是在艰苦努力之后
相信自己吧
过往的传奇一定能塑造
新的传奇
（2021年6月）

赴约

我顶着太阳、蓝天
走在热浪里
奔赴一个约会
贺信是最鲜艳的主题
夏日的荷花是最美的点缀

我一直在焦虑中奔走
胆怯、勇敢是坚实的双足
从冬天走到夏日
弱冠羞涩的少年
镰刀磨砺中
丰收的季节里
收割成熟和稳重

相信自己吧
有百分之一的希望
就付出百分之百的努力
命运始终青睐奋斗的少年
相信成功吧
信念铺就创造神奇的道路
（2021年6月）

父亲节

阳光照耀着地球
火，从南到北
一直燃烧
人们在热浪里泅渡
似乎，注定了
这个节日与汗水为伴

四十年前的那个夏日
如火如荼
中年男人和孩童
拉着沉重的胶轮车
踽行在酥热的柏油路上
乡村路口的大树下
撑起一片阴凉
也撑起希望
一个一个的西瓜
承载着未来

那个日子和今天一样吧
只是没有节日的标签
中年人的负重
气喘吁吁
孩童的焦渴
在阳光下暴晒
无奈的记忆竟成为
儿时的传奇

一代又一代的中国男人
用肩膀筑起一个民族的脊梁
一段一段艰难的路
始终有旗帜飘扬
我们紧咬着牙关
挺过最泥泞、最黑暗的岁月

女儿带来祝福
用纤细灵巧的手
捧出精美的菜肴
那是节日最好的礼物
凝结着勤劳、智慧
更是对劳动的最高敬礼
（2021年6月）

陌生的面孔

一张一张的脸
五官清晰
生动或呆板的神情
似曾相识
那是多年失散的亲人、邻居

穿越灰色的楼宇
玻璃窗闪耀蓝色的光芒
万丈霞光里
鸽子飞过天际线
我的身体也长出翅膀
飞翔不再是渴望
（2021 年 7 月）

遥想硝烟弥漫的日子

在一个怀旧的日子里
酒精燃烧着热情
疗愈平淡生活的疲惫
老山的硝烟已成为记忆
包括那场战争，那段峥嵘的
岁月
淹没在大海深处
只在五十岁人的心灵深处
偶尔露出黑色的礁石

我与你握手
他和他拥抱
大家举杯、大笑
忽然有泪水喷涌
如南国丛林里射出的冷枪
击中年少如花的少年
多少个日夜里
血肉模糊的战友
是脑海的常客

怀念和祭奠不是今天的
主题
血和泪给这个繁花似锦
的日子
添加深沉的底蕴
我们都将死亡
与逝去多年的战友们相会
无论先后
强国复兴路上
我们从不缺席
奈何桥畔的重逢
我们可以拥抱、大笑
（2021 年 7 月）

挂友的笑声

又是十三，又见十三
十三颗真诚的灵魂
跨越了四九城
在七夕前的傍晚拥抱
一起遥想绿色的草原
还有那些酣畅的日子

一个晚上的笑声
收割了连绵的雨天
驱逐日头上的阴云
喜悦的风吹走了烦忧
伤痛总是难免
你和我都需要疗愈
开心的笑
是最好的药

心房打开了
照进阳光
每颗心在今晚绽放
红润的、鲜艳的花朵
点亮这个夜晚
格外温柔
沁人心脾的芬芳
进入你我的梦乡
（2021年8月）

写给2021

不会忘记你
两个一百年交汇的时候
我们相遇
还有疫情、战争
在戴口罩的日子
忘记了甜蜜

一定要承受苦痛
这是我们的宿命
意志、信念的双轮
推动战车前行
碾压苍白的忧虑

不会忘记你
焦虑的夜晚
猝不及防的袭击
打断所有美好的期许
（2022年1月）

写给2022年

穿越黑暗的眼睛
寻找光明
漫长的夜里，等待是一种煎熬
微弱的火苗会带来力量
那是信念和希望在燃烧
黎明一定会照进心房

收拾行装，带上工具
还有笔、纸、手机
出发吧
即使有泥泞、陷阱
选择了山峰
就义无反顾前行
一切的一切都会成为过往
遭遇的遭遇都是风景

大海不会辜负风雨
天空不会辜负闪烁的星群
青山不会辜负虔诚的攀登
命运不会辜负执著的努力
（2022年1月）

告别

疫情围住古老的城市
红墙下的护城河在夜里呜咽
是思念阳光灿烂的日子
还是悼念逝去的先人

黑色的锁链拴住翅膀
心理的藩篱
也让人窒息
我要做一次短暂的离去
或者逃跑
告别这座灰色的堡垒

我要大口呼吸新鲜空气
让躯体放松
躺在绿色的草原
憧憬大海
飞翔的海鸥，昭示远航的日子
（2022年4月）

悬崖边上

我站在悬崖边上
深渊里燃烧欲望的火焰
仿佛鲜花开满田野
纵身一跳
却以为拥抱灿烂的朝霞
（2022年6月）

给女儿和贤婿

流火的七月
涌动着热情
大峡谷的风
吹拂快乐的面庞
成群的喜鹊飞过古老的庙宇
送来祈愿和祝福
一段金玉良缘在今天缔结

太行山作证
城隍神护佑
天赐的佳偶开启家庭的征程
神仙一样的眷侣
共同书写人生新的画卷
强国复兴的路上
绽放青春绚丽的花朵

责任构成幸福的基石
勤劳的手托起美好的明天
包容成就长久的姻缘
你们
用深深的真爱
共同铸就一生的幸福安康
（2022年7月）

到上海

那天我想写一首诗
市井的烟火熏着眼睛
晶莹的泪水默默流淌
仿佛黄浦江的一朵朵浪花

这里没有忧伤
也没有淡淡的喜悦
曾经的青春、曾经的向往
曾经的心理纠结
在南黄海的涛声中消逝
（2023年11月）

新春相聚

一个念头
点亮一个节日
从大湾区跨越渤海湾
从齐鲁大地穿越
只为重温青涩的日子
三十年的老酒
滋润四十年的情感
两鬓斑白间开出艳丽的花朵
青春的岁月啊
在甲辰龙年激荡

抚摸大沽口的斑驳铁锈
望一眼大海的苍凉
百年前的硝烟里
屈辱的泪水盘旋
初心铭记
年近花甲的你我
并肩前行
共同扛起复兴的荣光
（2024年2月）

铁锅炖

铁锅炖
木柴燃烧着
烘热黑色的铁锅
清江鱼或雁鹅
给一个细雨霏霏的中午
送来点点欢乐

红色的灯笼
模拟昔日的土炕
我们相对而坐
墙壁上挂满农家图画
描绘五十年前的梦想生活
回溯那些贫瘠灰暗的日子
初心在悄然涌动

鲜嫩的鱼肉是生活的美味
需要心境品尝
经历过困苦
才珍视富足
寡淡的汤汤水水里
一滴油、一点盐
都成为美好的点缀

喝一杯酒吧
精酿或牛栏山
是庆贺也是奖赏
更是怀念、叮嘱
（2024年8月）

写给战斗在伊拉克的石油人

地雷，离我们已经很远
平和的日子里
听不到枪声、炮声
硝烟只是影视的景象
这里
与深埋地下的炸弹切割
是进军井场的前奏

穿上防弹衣，坐上防弹车
荷枪实弹的保卫人员护送
穿过戈壁滩
穿越灰色贫瘠的村庄
穿过沙尘暴
穿越和平与险境
那一颗心在磨砺中
越发坚强

井架耸立
石油精神的丰碑矗立
意志的长剑指向蓝色的
天空
五十度的热浪
袭来
钻机的转动不会停止
钻井工人的脚步不会停滞
黑色的金子
是献给祖国最好的礼物
也是自己最好的奖赏

安逸谋杀着英雄
艰苦岁月塑造超凡的品格
胡杨林在沙漠中培育
成就了不朽的传奇
你们在这里变得更坚韧
更珍惜平和岁月的幸福
（2024年10月）

外孙女周岁小记

空地上崛起一座楼宇
百富怡整顿散乱的秩序
月子中心开业
展开一番事业、开启很多人的旅程
新生儿从这里诞生
一声又一声的啼哭
嘹亮的号角宣告生命的开端
一个又一个的婴儿
降临人世，拥抱新的明天

白鸽带着梦想飞向蓝天
优美的飞翔诠释生命的活力
使馆区的静谧，透着几分神秘
亮马河畔的垂柳
衬托高耸入云的楼宇
盛世的画卷绝美神奇
一个值得阅读的地方
需要心去探究
你在这里降生、在这里睁开懵懂的眼睛
度过酣睡而甜美的日子
在这里完成降生周年的庆典
我在这里掀开崭新篇章
在这里抚育下一代
二十多个春夏秋冬的耕耘
铸就神奇的生命跨越
我与你握手、陪你欢笑
抱着你一起憧憬明天、未来
憧憬共和国的复兴荣光
二十年后，重新回归这里
见证生命又一段神奇
（2024 年 11 月）

3

流年碎影

拥抱真我

我不想说

我不想说
内心的真话
可能会带来伤害
像一把刀
切断情感的火苗

我不想说
虚伪的假话
养成习惯
不会真诚地表达
我不想说
啰嗦的套话
谋杀别人的时间
是一种欺诈

把沉默当作金子
把寡言当作银子
不怕被人当作傻子
默默地看
静静地听
孤单的孩童
坐在风景里
纯净的心
和小溪一起歌唱
（2017年6月）

独处

没有星光的晚上
也没有月亮
我们点起篝火
手拉着手
跳起舞蹈
赶走寒冷、黑暗
还有寂寞

没有网络的时候
也没有朋友
陌生的目光里
等待起飞的时间
狭窄黑暗的隧道爬行
我用笔
把诗写在大脑
驱逐寂寞、烦躁

没有故乡的日子
也没有亲人、朋友
寒冷、无助，经常袭扰
还有莫名的烦躁
打开一本书吧
阅读情绪，阅读自己
可以到河边散步
遥想远方
看一看梦中的风景
在眼前跳跃
（2017年10月）

打扫卫生

每一个角落都需要关注
否则会布满蛛网
每一个抽屉都需要打开
否则会把珍贵遗忘
每一面镜子都需要擦拭
否则会歪曲模样
每一堆杂物都需要清理
否则会占据厅堂
每一段经历都需要抚摸
否则会成为创伤
每一个年度都需要检视
否则会停止成长

经常理一理头发和自己
不仅用大脑
更需要双手
井井有条地生活
才充满能量
扫除的不仅是居室
还有心房
湖里碧波荡漾
（2018年2月）

粤海门记忆

午后的阳光照过来
穿过树木，穿过高楼
你和我坐在石椅上
做着白天的梦

我的目光，穿过后海
穿过粤海门，穿越长长的桥
眼睛的尽头是高楼
不是海
头脑里的图片
被南海的风吹走

今晚的午夜，城市进入睡眠
鼾声起伏
每个人的梦幻光怪陆离
肥皂泡在风中飘浮

此刻有人悲伤
在角落里含泪
此刻有人欢愉
酒精挥洒着情绪
跑调的歌声放纵自己

我从沙漠来
繁华和荒凉拥抱
我从草原来
辽阔与拥挤握手

失去的没有失去
变化的没有变化
离开的也没有离开
记忆和梦
一直书写着日记
（2018年2月）

曲廊院

只用眼睛寻找
大脑里找不到
山川与现实的距离
不仅是一步之遥
没有迈开双腿
只能看见灰色的天空
蚂蚁般的人群
映照着心里的烦躁

走进一条条胡同
每扇门的背后
都有故事
一个家族、一个人
悲伤或传奇的历史

过了十条桥
一片平淡无奇
川流不息的人群和忙碌
那片天地
安详静谧
（2018年3月）

雾霾天

我穿越浓浓的雾
白茫茫的一片
不，那不是雾
不见水珠的滋润
炊烟般的味道
燃起淡淡的焦虑

这样的天气
虽然适合开会
如果没有窗户、内容
不能带来惊奇
我宁愿逃离

我不愿戴着面具
遮挡真实
鲜活的呼吸不能失去
这个世界充满了欲望
排山倒海，山崩海啸

纷繁的想法，此刻变得单一
戴上口罩吧
即使在迷茫中行走
也有心的灯盏指引
有风，凉爽的气息
思绪仍能进入新的天地
（2018年3月）

舞蹈表演

每个节日都应该庆贺
欢乐驱走寂寞
所有闪亮的时刻
都应该铭记
璀璨的珍珠串成生命的星河

芍药居里流光溢彩
万紫千红地盛开
喷涌着一种情怀
从心里涌出的不仅是歌声
是生命的爱

付出的艰辛越多
喜悦更深刻
用心用情拥抱生活
总有意外的收获
（2018年3月）

无常的风

突然刮起的风
吹落满树的樱花
如同破碎的欲望
洒满幽静的小路
我一个人孤独地走过

一场漫天的黄沙
击碎了蓝色的梦
太阳远遁了
我们不能当逃兵
驻留或在街上行走

铺天盖地的雾
还有淡淡的味道
不经意间造访
黑夜响起的雷声
惊醒沉睡的人

下雨了，撑一把伞
风沙起时
躲进居室里
看一场电影
午夜醒了，又睡去
（2018年4月）

清晨的露珠

假如，实在疼痛难忍
吃上一粒白色的药片
离开或麻醉都是选择
时光的隧道长度有限
每一刻平静是生命的珍珠

假如，天空没有月亮
也没有星光
心中的灯不能熄灭
面对苦难、泥泞
脸上的微笑
鲜花像星星一样闪耀

接纳的容器，波光映照太阳
自我在锤炼中变化
苦痛、冲突
酿成生活的酒
飘荡醇厚的味道

荣华、苦痛
权力和劫难
历史黑洞的巨口，吞噬一切
风吹走梦幻泡影
缘起缘灭
清晨的露珠发着亮光
太阳出来了
遁形无迹
（2018年4月）

清明节的雪

这个世界没有必然
必然是骗人的谎言
这个世界没有应该
应该是心灵的牢笼

一场白色的谋杀
从中午开始
浇灭山花烂漫的梦想
寒冷像乌鸦一样
落满工体的树林
如同中东点燃的硝烟

战斗、鲜花、冰雹
这个节日搀扶着祖先
一起到来
该来的就来吧
不该来的也会在街头出现
（2018 年 4 月）

深海利器

开发深海的利器
突然没有了用武之地
征战的将军
享受不到农夫的悠闲快乐
站在田间，自得其乐

应该在大海深处的钢铁城堡
落寞地停在港口
海水拍打着寒光闪闪的利剑
诉说着苦闷和惆怅

火热的潮流中
冷静的头脑更为珍贵
油价的万花筒里
谁能看到真相

或许，一个早上
枕戈待旦的武士，得到命令
奔向大海，奔向战场
（2018年4月）

静之湖

资本的利斧
雕琢打磨巨石
温润的玉
照耀湖畔
薰衣草织成蓝色的衣袍
装点生活的华丽

森林掩映的木屋
隐藏着秘密
尖尖的教堂顶子
指向天空
一只手握成拳头
宣示一个阶层的生活

一个拐弯
中国的乡村
穿越
欧洲的庄园
剪刀铰碎幻想的梦
（2018 年 5 月）

读《平凡的世界》

之一

无论走多远
都不能忘记出发的目的
黄土高坡的风
吹起风沙，吹来饥饿
我们上路了
拥有一顿饱餐
一个遮风避雨的窑洞
是遥远的梦境

回望来时的路
白色的花撒落一地
小径变成宽敞的马路
欲望升起
苦难已不能承受
站在岔道上
向左还是向右
（2018年6月）

之二

这个世界没有公平
城市与乡村
门里和门外
天上和地下
跨越的路
登天的梯子，没有支点

臣服，还是反抗
接纳，或者麻木
铁板和铁板之间
仍有缝隙
光亮虽然微弱
能照出一片天地

命运的烈马
英勇的人握住缰绳
一小步的前行
艰辛的汗水流淌
把掌声献给生命
也献给平凡的英雄
（2018年6月）

墨汁一样的傍晚
心中的火炬点燃
希望的灯盏
照亮泥泞的路
信心的琼浆注入

浓重的云彩袭来
绝望占据了天空
相信吧
一定会有惊雷炸响
活着，不仅是等待
更是与胜利重逢
（2018年6月）

之三

铁屋里的呐喊
没有观众，也没有人倾听
票据和计划的锁链
拴住双脚
捆绑飞翔的心
自由的向往化作沉重的叹息
渴望的眼神
是小鸟的哀鸣

免税店

五彩的旗帜招展
如妙龄女郎的笑靥
露出洁白的牙齿
勾起欲望和联想

掏出钱包的举动
手枪指向天空
子弹炸响
攻击的快意
花瓣一样飘洒

香艳的诱饵激起冲动
两眼放光，野狼看到了猎物
没有察觉那张大网
本能的烟花燃放
所有的人都不会
拒绝快乐的沦陷
（2018年6月）

长途飞行

刚刚迈开脚步
就渴望拥抱终点
期待是一口热锅
煎熬着情绪
思绪的野马没有缰绳
荒草在田野里怒吼
烦躁的荆棘扎疼手指

时光的河流里
心灵的小舟起伏
冲突和焦虑的浪头打来
风暴吹进窗子
玻璃碎落一地

打发时光是一门技术
渴望宁静
在淡定中微笑
通向幸福的小路就在脚下
溪流浸润着光阴
一秒、一分、一个时钟
白色的猫走过心房
我浑然不知

（2018年6月）

安平开发区

五公里之外
称为都城
一条小河把世界
分为贫穷和富足
马太效应的狮子
张着巨口
吞噬平民的梦想

李世民大帐的灯光
早已远去
大安寺的香火
旺盛了一千个春夏秋冬
一场运动、一把火
残垣断壁上，流淌着古老的传说

资本的巨手
捏造了一个传奇、梦境
还是谎言
海市蜃楼变成坚硬的石头
高楼里装着金砖、渴望
也有青年人迷离的眼神
（2018年6月）

香河家具城

奢华变成了现实
装点百姓的梦想
追求的灯盏照耀
每个人都有了力量

觉察一下欲望吧
是溪流，也是江海
火山的熔浆
喷发
成就了一个民族的复兴
（2018年6月）

病痛

那个夜晚有些漫长
潮湿的汗水拍打
一个又一个的梦魇
隐隐的针刺向肌肤，刺向呻吟
接纳一切吧，练习与病痛为伴
超越苦痛的人生，看见万丈霞光

清早的风柔柔地吹来
吹皱心湖的水
泛起痛的涟漪
昂起头，迎着阳光
微笑着，抖落一身晦气

低沉的心境
升起白色的风帆
灰色的废墟中
矗立一片海市蜃楼
愉悦的情绪
抗拒的不仅是雨雪风霜
（2018年9月）

疱疹

秋日的阳光
照耀赤裸的胸膛
一片泡泡，带毒的花朵
疯狂地嚎叫
疼痛惊醒梦的残片
黑暗中面对生命

探寻存在的真谛
一股清澈的泉水
流过荆棘密布的田野
温馨的话语
春风吹拂
友情的爱
滋润干瘪的躯干
（2018 年 9 月）

祖孙俩

古稀之年的奶奶
拄着拐杖在街心公园等待
稻香村走出年轻女孩儿
拎着点心、馒头
对话中流洒了一地的遗憾
搀扶着老人离去

远处的木椅
耄耋的老人
孤独地静坐
路上的行人
疾驰的汽车
送来生命的信息

活着只是活着
感受世界的存在
就是活着的意义
若干年后
是否
我也会在街头木椅上
等待或观望
像一尊陈旧的雕像
（2018年11月）

拍卖厅的老太太

一条古老的围巾
裹住了面庞却裹不住岁月
浓重的乡音
切割了知识、学历
用淡定、乡野的气息
统治大厅的寂静

笔直地坐着
工整地抄写着什么
一个“潺”字，山一样阻隔
稚气未脱的年轻人
成为解救的神仙

铸就清晰的目标
灯塔一样矗立
大海的航船一直前行
不惧风雨
总能抵达心中的圣地

（2018 年 11 月）

西客站

从来没有这样看他
多少次擦肩而过
看不清真实的容颜
不想探究，就不会有真相
多少人蒙在鼓里
却以为眼光清澈

几顶高耸的官帽
留下庸人的诟病
却给世界增添永久的古韵
该为那位老者正名了
胆识和魅力需要历史的诠释
（2018 年 12 月）

公交车上

各种各样的人
老和少
男和女
外地人
本地人
芸芸众生里
却没有你的影子

听一听对话
看一看表情
人间的烟火气里
我早已忘记你的笑容

我是谁
你是谁
为什么在这里相遇
我迷失了
或者这就是家园
如同梦境中的茫然
（2018 年 12 月）

机场里的祈祷

只要想祈祷
总会找到地方
人流熙攘的机场
也有空间，让心灵安放

跪拜的那一刻
专注的意识没有杂念
幸福的心流涌动

我走过繁忙的街区
火苗燃烧心中的杂草
多么渴望
有那么一刻
电流穿过身体
幸福在颤动
（2019年1月）

回乡随想

之一

衰老曾经是遥远的话题
隐藏在迷雾中的灯塔
父母苍老的面容
化作老榆树的沧桑
步履迟缓
迈向暮年，迈向彼岸

树木的枝杈指向天空
生命的秋歌
寒风中弥漫
半百之年的中年人
回归故里

二十年后
女儿、孩子，和我
相扶着走过街头
青春和笑脸远逝
只有餐馆、商店还在
或许
苍老、暮气
是世界的主题

所有的人都会老去
正如
地球温度升高的战车
难以避免
每个人都会做梦
醒来又睡去
酒醒后世界，一地狼藉
（2019 年 2 月）

之二

海鸥掠过水面
优美的弧线赞美新的生活
摩天大楼矗立
天王们把守现代化的都市
鲜花、树木、绿草
生机盎然里
文明的大餐呈现
吹过一百年风雨的洋楼、街区
见证几个时代的变迁

远渡重洋寻找的美景
忽然呈现
身边的珍珠总被忽略
一颗心、一双眼睛
蒙蔽在人云亦云的烟尘
盲从的世界里
愚蠢的病毒轻风里摇曳
（2019 年 2 月）

无题

20年前的夜晚
星星远遁了，月亮在哭泣
愤怒的火燃起
浓烟穿过楼宇
还有
悲伤的水流过街道

心在黑暗中独行
以为是一条泥泞的路
细雨遮蔽了眼睛
看不见盎然的绿色
却一直走在阳光的路上

谎言总是披着真诚的外衣
所谓善良是一块膏药
医治不了受伤的猎人
洋人们用金钱和枪，挑起鲜艳的旗帜
飘扬
野兽蹄子
踩踏纯真的玻璃

风筝飘在空中
点缀蓝色的天空
飞机的飞翔
跨越千山，跨越江河
梦醒了，阳光照进来
今天我们在地球上自由驰骋
（2019年6月）

夜

之一

寂静在夜里流动
风吹来了梦
（2019年6月）

之二

每到夜晚
书卷提出抗议
文字的蝌蚪
游走在大脑皮层
梦与梦之间
午夜的情侣在争吵

血的压力
袭击头颅
风吹来了
心里的灯会熄灭吗
（2019年6月）

之三

荡起诗歌的双桨
飘在乐声的湖里

昏暗的光照亮角落
周围是一片黑暗
我骑着马在纸上驰骋

孔明灯在黑夜里飘
像星星点缀天空
（2019年6月）

无题

有了哭声
悲，像雾一样弥漫
阳光晴好的午后
你把自己囚禁
那一条一条的锁链啊
从写字楼里抛出
光线万千条，充斥着街道

怒吼两声吧
不会震碎玻璃
雾霾的日子
树叶一样，变黄
风刮走了

可以露出洁白的牙齿
苦涩的微笑也是良药
所谓的苦难
沦陷在观念的牢笼
花香送来欢畅
开在心灵的春天
（2019年8月）

工体西路的青年们

午夜的时候
他们来了
少男和少女
破洞的衣服，还有长长的白腿
酒精点燃了自己
舞动的腰肢，释放着荷尔蒙
呻吟或者狂笑
留下更大的空白
那是一片残垣断壁，还有瓦片
空洞的大脑里
找不到自己

孤独的灵魂拥抱着
一起跳舞，用歌声和呐喊
向世界表达着不满意
清晨的时候，都不愿离去
你是他的家
他是你的港湾
彼此相依偎
缺少温度，无聊又无趣

每个夜晚在这里
享受牡丹、芍药，还有茉莉
肥皂泡吹出的五彩花朵
只是没有芬芳
白天的日子
不能逃脱睡神的锁链
（2019 年 10 月）

一个工体西路青年的心声

为什么豪车如云的世界
没有自己的一席之地
为什么出入的美女
冷若冰霜

我不满意，没有法拉利的生活
缺少兰博基尼，让我提不起兴趣
我不满意，美女从不光顾的蜗居

酒瓶砸碎的不是玻璃
是生活的美梦
呐喊和号叫
表达着自己的心意
留下一片破碎的空虚
（2019年10月）

黑色的衬衣

我穿一件黑色的衬衣
是为了应对日子的磨砺
走过灰暗的街头
风吹来了寒意
没有带来胜利的消息

年轮盘绕的古树
栽种在盆里
浓缩的沧桑
只是让油腻的岁月
增加光泽

日子的铠甲
压迫着身躯
有些喘不过气来
洁白的皮肤啊
在深秋的浴室没有机会展示

披一件浅色的外套
让生活变得亮丽
石块从心里移除
鲜红的血液流淌着
执着、倔强
（2019年10月）

胜利之吻

强盗以和平的名义
撕碎安宁的图景
权力魔王的枪炮
对准驯服的老人
那些抱着孩子的少妇
哭声里，传出黑色的绝望

强盗和强盗对决
正义和邪恶较量
所有的战争都会结束
胜利的惊雷
即使在浓黑的夜里
也会响起

相信未来吧
阴霾会一扫而光
美丽少女的吻
那开心的笑
是和平最好的奖章
（2020 年 1 月）

致34岁的你

沉闷的黑夜
一声响亮的哨音
没有叫醒睡梦中的人们
日子被麻醉了，耳朵割掉了
汽车喇叭与人们的争论
在梦里演奏混沌的摇滚

悄无声息的天地里
呐喊是遥远的呻吟
只在天的尽头回响
清澈如水的目光
星星一样的双眸
永远挂在心的夜空

34岁的生命
是一道亮丽的彩虹
跨越风雨飘摇的长江
搭起一座通往良知的桥
那些红灯笼啊
照耀泥泞里跋涉的身影
（2020年2月）

随感

有些厌倦了
总戴着一副面具
无论多么庄重
也没有生气

有些疲惫了
权力和金钱的煎熬
烤焦的味道
驱不走蚊虫
只带来长夜的叹息

唱一首歌吧
把街道当成旷野
不在意冰冷的箭
发几声怒吼吧
头脑清醒的疯子
脚步丈量花园
只是渴望拥抱
像风一样地自由
（2020年2月）

病中有感

疫情来临的日子
身体被囚禁了
想象的翅膀折断
烟火缭绕，锅碗瓢盆
变成诗句，只在梦里飞翔
我成为一只黄色的牛
耕耘在家乡的水田
起伏的山峦上，写满幸福

奔向名利的山路上
苦闷的阴霾笼罩
走过五十个春夏秋冬
艰难爬行，气喘吁吁
太阳照耀着，汗珠滴落在尘埃
紫色的马兰花
点缀着丝丝忧伤

脚步可以出入酒楼
口舌的渴望带来欢畅
尽情地享受
点燃了一片一片的欲望
火焰中奔走的人们
没有感到灼伤
忽然间跳进了
那一片深黑色的大海

双脚被捆住了
白天黑夜与病魔为伴
偶尔传来的呻吟声
心湖里激起恐惧的波纹
一层层扩散
隐藏着对健康的向往

我决定拿起笔，重新出发
用一句句诗行
刺向自己的心
流出鲜红的血，浇灌生活
跪在山坡上
面向姹紫嫣红的花海
唱出嘶哑的歌声

我决定穿上军装
扛起枪
用文字的子弹和欲望
向病魔宣战
射向贪婪，射向生的尽头
成为
奈何桥畔的微笑者
（2020 年 5 月）

急诊病房

之一

这里没有黑暗
灯，彻夜亮着
把病魔挤压在角落
护士们匆匆忙忙的脚步
跳起有节奏的舞蹈
一瓶瓶的抗生素
把死神锁在玻璃瓶里

一声一声的呻吟
从白色救生船上传来
耄耋老人禁不住恫吓
惶恐霸占了面容
站在奈何桥畔
谁的双腿不会颤抖
我在梦里看见一片田野
野菊花绽放着笑脸
吟唱着生命的顽强
（2020年5月）

之二

汪洋中有一艘船
只有我和你
雨水敲打着船顶
一滴一滴
落进漫长的等待
太平洋到大西洋
融进印度洋
情意一直流转
生命的灯塔一直矗立
照耀着哗哗不停的桨声
（2020年5月）

之三

生与死在这里握手
疼痛在这里止步
亲人和亲人也会诀别
老汉的哭声
流淌的泪
洗刷不尽愧疚
（2020年5月）

之四

一切都回归素颜了
卸下的不仅是浓妆艳抹
还有面具
丑陋被灯光照耀着
并不狰狞

没有美丽
只有器官
华丽的袍子
变成健康的囚衣
（2020年5月）

夏夜的飞翔

每个中年人
都有飞翔的渴望
翅膀生锈了
只能在梦里拥抱天空
激素枯竭了
脚步戴上无形的镣铐

闪光的念头乘着翅膀
从心里飞向窗口
不再回来
留下一脸的惆怅

今夜，完成一次飞翔的约定
黄浦江畔起飞
紫禁城下
你和我一起举杯
酒精点燃久违的热情
青春的舞曲响起
心与心
跳起快乐的舞蹈
（2020年7月）

卓资县扶贫考察有感

人活在世上，总会有一些回忆
一幕一幕
标记着伤痛、悔意
也有自豪、骄傲
穷苦一生的老汉
花甲之年住进单元房
告别了寒冷、贫瘠
眼里闪烁的泪花
表达的情感朴实无华
车间里忙碌的大妈
凝神贯注的神情
传承这个民族的勤劳
粗粮加工厂、轧油车间里
中年男女的黑色皮肤
注解着劳动的光荣
还有窑洞指挥部里，鲜红的党旗前
琅琅的宣誓声
是心声，是表白
更是追求、执着
风吹过萧瑟的田野
告别绿色的塞外，虽然算不上美丽
却是我最珍视的记忆
扶贫路上盛开黄色的野菊花
凝聚着海油人的心血

人活在世上，总会有一些故事
一段一段
记录着黑暗、挫折
也有鲜艳、亮丽的传奇
扶持电商发展的路啊
艰难崎岖
一个一个的作坊
搭上网络的快车
跨越长城，渡过长江
丰满的理想
常常被坚硬的骨感刺痛
那些撞到墙壁后，寻找新路的日子
曾经迷茫、彷徨
奋起后的前行
成为精彩的传说
让艰辛黯淡的生活
绽放钻石的光泽

人活在世上，总该有一点情怀
抛弃了私利，告别狭小的自我
那条小胡同的路
注定越走越窄
超越自己，才会获得光明
给乡亲们做一点事吧
把贫困的帽子摘掉
朴素的话语、满意的笑容
是最好的奖赏
仁爱的清泉滋润着你
也感染了我

人活在世上，总该有一点精神
信念撑起了人生殿堂
目标激发了力量
即使在黑夜，心里仍有火苗燃起
在挫折坎坷里淬炼品格
艰苦奔波中磨砺意志
那铸就的精神基因
是最珍贵的收获
让我们在民族复兴路上
勇毅前行
（2020年11月）

献给中年人

当我们身体健康
腿和手能自由舞蹈
大脑正常运转
偶尔有智慧的火花跳跃
享受阳光、亲情
在田野里快活地奔跑
朋友相聚
酒精点燃情感的蜡烛
烘托开心的欢笑

当我们的父母健在
多回家看看
听一听唠叨
陪着坐一坐
品一品他们亲手做的菜肴
开心地温习儿时的味道
那苍老的笑意
多年以后，只能在梦里见到

当我们还有闲暇
给自己营造一个空间
进入一个密道
抛开那些劳顿
还有功名利禄的烦恼
春花秋月，冬日的白雪
寻找一份逍遥
精神自由的温泉里
洗一个痛痛快快的澡

当我们疲惫时
劳累的牛拉着重重的木车
气喘吁吁，艰难爬行
木头一样笔直地倒下
撞击床，也撞击五脏六腑
麻木割除了日子的滋味
焦虑是一种无味的烟雾
让居室窒息
在清晨的公园里
和春风赛跑吧
汗水像细雨一样
滋润干涸的躯体

当我们面对无常时
黑色的灾难
流星雨一样降临
突起的狂风
吹折生命的枝条
如果痛苦是一种宿命
就让我默默承受吧
如果挫折是一种考验
就让我们平静面对
每一个呻吟的夜里
我仍会在梦里
飞进春光明媚的画卷
嘴角的微笑
冬日的梅花一样
顽强地开放
（2020年12月）

协和医院

人群的水流
漫过扶梯，漫过每一寸面积
辉煌的大厅并没有带来庄重
莫名的压抑，大理石上弥漫
曾经坚硬的生命
不堪一击
脚步追逐着脚步
人们和死神赛跑

大厅里高悬一颗跳动的心
时针伴随着生命
这里，洗去一切浮华
所有的外套都要脱去
肚子、脊柱，还有五脏六腑
一览无余
曾经迷失在欲望的眼睛
没有出现青色的草原
冷酷中看到了本质的黑色
（2020年12月）

正午的阳光

之一

正午的阳光，照耀
炽烈的情感，燃烧
在阴凉的角落里
刻画曾经的岁月
我终将老去
如，今天的父母
陪伴是长情的告白
胜过万语千言

离别三十年的故土
回归
喝一杯老酒
童年的天空里寻找
失落的风筝
那些枯黄的日子
成为一枚枚紫色的音符

之二

我想倒在正午的阳光下
一块红布散落在街头
没有人注目

蓝天白云下的一棵小草
低了头
忍受生活的炽烈
（2020年12月）

我不想定义

我不想定义什么
包括评价
我早知道自己的无知
说多了
向人们暴露愚蠢

风不需要定义
它能自由地吹拂
雪不需要定义
白色的纯洁
冰冷里带来纯粹

我走在街头
车流穿梭中
回望北方的草原
如同，一匹狼
在沼泽边缘徘徊

我能够定义自己
从哪里来
到哪里去
带着心走出迷途
（2021年1月）

曾经的骄傲 曾经的耻辱

你是智慧的
不仅仅是光洁的额头
点燃了创新的火苗
燃烧了草原

你是雄辩的
一张一合的双唇
喷涌出白色的莲花
奇思妙想的星星啊
格桑花一样
开满了乌海湖畔

你是多少人的偶像
是未曾谋面的传说
少年得志，进入殿堂
中年磨砺
岁月并没有带来蹉跎
年过半百以后
骏马在阳光里奔跑
迎接鲜花、耀眼的绸缎

你是耻辱的
神话变成笑话
只在几个夜晚和白天之后
牢笼成为最后的归宿
铁窗里打出红色惊叹号
（2021 年 2 月）

东城到房山

东岳庙到窦店
曾经是遥远的征途
跨越成为艰难的挑战
资本和科技
给我们插上飞翔的翅膀
自由不是一种奢望
城铁里可以书写诗行

嘴巴和嘴巴的战斗
属于书斋和议会
与共和国无缘
红军扛着红旗
用脚步丈量地图

承诺是钉子
钉进了木板
走过的脚印
刻进石头
成为一面面旗帜
是红色血脉的品格
（2021 年 3 月）

城铁上

之一

不是所有的道路都平坦
高铁、轻轨
四个轮子不能替代双腿
脚步是最后的稻草

高空的飞翔
带来自由、酣畅
给梦想找到天堂
自恋连着膨胀
每个人都是
气盖山河的英雄

我的眼睛望向远方
康庄大道上
鲜花丛里
隐藏着陷阱
深渊的坠落
所有繁华化作青烟

我不企求扬帆起航
抵达胜利的彼岸
滔天的风浪淬炼筋骨
经历过旋涡
暴雨袭来的夜里
也会有甜美的梦境
（2021 年 3 月）

之二

我要去房山
北京猿人出没的地方
也有桃花
小溪映照古朴的山峦

远古的风
辉煌的楼
飞行的铁笼里
穿越时空的隧道
洗濯头脑里的尘垢
（2021 年 3 月）

街头木椅

突然想停下来
在街头的木椅上小坐
看世间的风景
如画如歌
又如风
（2021年4月）

勾兑

老酒兑进基酒
醇香溢满房间
用岁月来沉淀情感
仙人们在竹林里对饮
蓝色的瓷坛
封进一分寄托
还有，对美好的期望
多年以后
一起品读今天的约定

白水里滴几滴醋
酸酸的味道
给日子增添一点趣味
生活需要勾兑
平坦的田野上
耸立山峰，衬托出雄奇
草原上的石堆
挂上多彩的哈达
跳起舞，欢庆巡猎的收获
真实的心
面对无常的世界
白色的画布上
颜料涂抹斑斓的日子
不停地勾兑
调制最美的酒
在阴晦沉闷的上午
饮上几口
驱逐发霉的气息
（2021年4月）

早晨

厚重的窗帘遮住梦的混乱
昏暗的灯光
是夕阳遁逃后的晚霞
一条静谧的木舟
漂在
梦境的湖里

我用笔
追溯阳光灿烂的日子
青葱岁月里
童年的笛声
慢慢驱散晨曦的雾气

6月4日的早晨啊
阳光灿烂
天府新城竖立的巨人
不会老去
多年以后
一起见证共和国复兴大厦的雄浑
（2021年6月）

放逐自己吧

我还是去远方吧
在一个周末，炎热或阴天
秦淮河畔，闻一闻粉脂气息
我不会陶醉，也不会迷失
只在酒精里生出妄想
或许，那是一种短暂的休息

我还是离开吧
从一个城市告别
又向一个城市报到
在钢筋水泥的城堡间流连
夜晚里
红色的灯、彩色的旗子
总有几分陌生

我曾经渴望田野
那是酒足饭饱后的臆想
潜伏着逃离无聊的向往
粗犷、荒凉
尘土飞扬的岁月
只能带来悲伤

我就在古都探寻吧
在小巷里，红墙下
一条胡同积压了古老的故事
让人瞠目
连天的荷叶
托起火苗的花朵
那一份清凉
驱除夏日的烦忧

我用黑色的文字
书写六月的艳阳天
记下心情
还有一群白鸽托起的幻想
在空调的居室里
放逐自己吧
不会有迷失的风险
一个下午的时间
一定会重新回归
（2021 年 7 月）

会议

一个又一个的上午
或下午
在一间又一间的屋子里度过
一段又一段的发言
划过混浊的空气
一个又一个的哈欠
连着
一个又一个的懒腰
杯子坚挺地站立
守卫一片没有波澜的湖
偶尔进出的少女
激不起一丝涟漪

我露出了微笑
蓝色的马莲花
绽放在荒芜的山谷
一束微弱的光
照亮黑寂的夜

我放飞了思绪
白鸽的翅膀
划出最美的弧线
在蓝天里，在脑海里，在记忆里
在生命的灰色画布上
绣出绚烂的图画
（2021年7月）

夏日

之一

热浪托起片片树叶
孤独的气球飘在天空
我与心悄悄对话
迷失在童年的夏天
（2021 年 7 月）

之二

大雨漫过城市
洪水偷袭地铁、隧道
宽广的马路
忽然悲伤成河
叹息！叹息
汽笛也呜咽了

那片乌云飘走了
金色突然照耀大地
山河回归了亮丽
我们忘记了昨天
只在新闻里凭吊
那些灰暗的日子
（2021 年 7 月）

白色的衬衣

白色的衬衣让会场肃穆
显示一种纪律、一种礼仪
一次又一次的重复里
人们学会了服从
野性抛弃在田野
殿堂里只需正襟危坐

白色也可以表达一种追求
复杂纷乱的世界
纯洁是一面飘扬的旗帜
暴雨突然而至
撑一把伞吧
都市的森林
让人们淡忘了泥泞

莲花绽放在夏日
绿色的荷叶下
碧波掩盖了黑色的污泥
斜风细雨里
我遥想
山洪、战争
还有一些欺骗的话语

（2021年7月）

雨季

从来没有这么长的雨季
长期枯竭的河床
突然承接水的洪流
北方的主题突然变化了
丰沛的甘霖成了灾难
中原啊！中原啊！
现代都市的列车
要把人们载向坟场

连绵阴郁的天气里
需要一抹彩虹
沉闷的日子里
唱一首歌吧
不是颂扬苦难、挫折
每个人都可以完成
自我的救赎

或许，只是一个开端
黑天鹅一只一只飞来
扇动起片片的乌云
遮起一个一个灰暗的日子
长江边苦难前行的赤身纤夫
似乎正在回归

挺直腰板
深呼吸
扼住焦虑泛滥的咽喉
雨季总会过去
清风从朝霞边吹来
空荡翠绿的街上
我一个人漫步
（2021 年 7 月）

今夜

今夜，我把歌声献给月亮
神仙姐姐祝福我们相聚
为表达感激
我敬一杯酒
浇灌日渐干涸的土地
盛开灿烂的花朵

今夜，我们用真诚
点燃一份喜悦
失散几个世纪的兄弟姐妹
终于相遇
友爱的焰火
绽放美丽的夜空
收获季节最好的礼物

今夜，我们一起飞翔
张开双臂
黑色的翅膀，排成雁阵
飞过古老的城墙、千年的街巷
穿越淡淡炊烟
抛开丝丝疫情的味道
收获一份畅快的自由

今夜，我们举杯约定
月华如水的秋夜
大家相聚
倾听岁月年轮的转动
盘点金色的丰收
见证共和国成长的脚步
总有一天，我们会收割
民族复兴的辉煌
（2021年9月）

某大佬的秋日

白天连着黑夜
所有的时间
都被烟雾围绕
心窗一直飘落着小雨
阴郁的雾气弥漫

那些纸醉金迷的日子
一去不复返了
笙歌燕舞
成为永远的记忆
一场风暴让老板们裸奔
白胖的躯体上演
一幕幕无耻的话剧

铁窗透出昏暗的光
向坐困愁城的你招手
或者纵身一跃
成就神话破灭的慨叹
（2021 年 9 月）

胜利宾馆

三十多年来，矗立在街头
面带永恒的微笑
注视码头上归来的风帆
你一直坚守、等待
这片土地从荒凉到繁华

曾经是一种神奇的存在
物欲在盐碱地上盛开
艳丽的花朵
让普通大众自惭形秽

轻轨的高架桥
傲然横亘，横空出世
隔绝出两个世界
梦想在远方
星星一样闪耀
回忆仍然甜蜜
那些熟悉的街道
印刻着几十年前的足迹
（2021年10月）

洋货市场

曾经有一段日子
舶来品的明珠闪耀着光芒
照亮了灰色的店铺
皮带、手表
亮出身份的金字招牌
贫瘠的盐碱地里
一株野草都是奇葩

在一个炫耀价格的世界
虚伪可以大行其道
假货快速撑起
虚幻的花阳伞
招来艳羡的目光
（2021年10月）

渔家庄

美味是人类共同的追求
所有的菜品
发射出一根根银针
红色的味蕾成为俘虏

细雨让世界还原质朴
冷风吹走了浮华
此时，我们只企求晴朗
一盘棋局布下
黑白子
勾勒出简单
复杂躲在天公的身后

美食的天堂里
我们忘记了悲伤
喝一杯酒吧
祝福明天
即使在雨中
仍能唱起低沉的歌谣
（2021年10月）

六号地铁上

这个早上
少有人比我走得更远
从通州到石景山
用脚步丈量6号线
是痴人的梦想

铁龙的坐骑
穿越历史的隧道
闻一闻千年的烟火
菩提树下
思考困惑
启悟烟雾迷乱的大脑
（2021年10月）

周末早上地铁里

座位在焦急地等待
仍有睡意的面庞
睁开满怀希望的眸子
每个人都渴望远方
匆匆的脚步
是梦想最好的注脚

我站立着
听隆隆的车声
可以构思诗篇
用锋利的刀子
划破虚伪的面具
血淋淋的真实
让我流泪
让我坚强

我要去终点站
那里有一个渡口
智慧的小舟
载你驶向彼岸
（2021年10月）

除夕的上午

阳光照进来
我听到新春的脚步
渐渐走来
望向远方
白色的帆船已经驶来
却不能踏上归途
疫情的烟雾正在散去
留下淡淡的味道
把我们困扰

这个日子可以轻闲
可以忙碌、可以喜悦
我坐在窗下
遥想远方的亲人
用手指和心
弹一曲祝福的歌
唱一首歌
像阳光一样
照亮这个灰暗的节日
（2022年1月）

湿袜子

连日的奔波
占去了时间
来不及换洗衣服
包括袜子

今晨，黎明前的黑暗里
我用车灯照耀
前方的路
飞翔，跨越四千里的天空
在凤凰降落的地方
与大海相会

昨夜，清洗了袜子
洗去劳顿、尘垢
或许，还有日子的泥泞

湿漉漉的袜子
穿在脚上，是最好的风干
体温驱走寒冷
身体是最古老的暖具
路就在脚下
意志和双足
成为勇毅前行的战车
（2022年4月）

清明节早上的飞翔

多少年了，总是在早上飞翔
跨越灰色的天空
黑色的记忆
还有很多阴雨如晦的日子

2022年的飞翔
我要见证一个开端
一个民族挺进深海的标志
黄土高坡铸就的坚韧
成为挺进南中国海的舵轮

用翅膀歌唱蓝天
听风的颂扬
心底的万丈波涛啊
是最真实的力量
（2022年4月）

疫情泛滥的早上

天空蓝得令人惊奇
白云纯洁得让人心动
风轻柔柔的
怕惊醒甜美的梦
所有的汽车在今天相约
一起休息
街道上偶尔走过一个人
又走过一人
一起守护周日上午的寂静

这是一个梦幻的早晨
只存在于日记，模糊的记忆
我捋一捋头发
寻找世界的真实
（2022年5月）

某人

某人像一把手枪
黑洞洞的枪口
威胁着办公室的同事
其实
他只是沉默、执拗
十多年了
这个熟悉而陌生的办公室
他一直存在
却永远缺席
和工友们形同陌路

他似乎有些狂妄
上级只是呆板的蚂蚁
他一直崇拜着真理，还有自己
却一直奔走在痛苦的河里
夜里难以入睡
恨、愤怒在心里燃烧

他在考验宽容、胸怀
树梢上一只乌鸦在凝望
我看过去
有一片蓝天、一片大海
还有狂风呼号的黑夜
所有的经历终将是风景
（2022年6月）

写给6.25

这是一个平淡无奇的日子
没有特殊的意义
淹没在岁月的波涛里
因为有了首长的眷顾
而光芒万丈

总有一些日子需要铭记
丰碑树立在田野
供后人景仰
或者，成为指路的灯
照亮漫漫的征途

6.25啊！6.25
永远高悬的星辰
让记忆的夜空有了光亮
那些艰苦的日子
成为艳丽的花朵
永远绽放
（2022年6月）

闲逛

麦子成熟了
用金色标注辉煌
弯了腰，谦卑地呈现
把赤诚献给大地
回归泥土
完成一段使命

肚子填饱了
不需为明天的晚餐忧虑
没有寒冷的侵袭
衣衫会从天而降
暴怒的拳头早已隐遁在
城市远处的天际线

走在午夜的街头
温煦的风
吹来柔柔的情
人们开始新的寻找
物欲流淌的河里
漂来骄傲的红罂粟
在生命的尽头
悬起祭奠的黑旗

寻找是人类注定的宿命
通向山峰的石径不仅留下脚印
苦咸的汗水里
盛开鲜艳的牡丹
湖里泛舟带来宁静
床笫属于懒汉和死亡
（2022年10月）

星期六的早上

本来可以躺在床上
懒觉给自己一个休息的理由
我却奔波在地铁
穿越古老与现代的北京城

我要与秋天告别
和千年银叶合影
尤其
双足踩一踩飘落的叶子
那一片片金黄啊
是最后的绸缎
点缀季节
装扮灰色的生活

凝望
一枚一枚精灵
穿越 1000 个岁月
钓鱼台的围墙里
旌旗招展点缀完颜家族的辉煌
匍匐跪拜的岁月里
草芥和人头
被草原部落的马蹄践踏
（2022 年 10 月）

新年元旦

一个结束连接一个开端
一个章节的奋斗
接续
一个章节的拼搏
起伏的山峦，一座又一座山峰
攀登是优秀人生的配置
通往顶峰的路上
不可能一马平川

疫妖变幻着面孔
终于劳累了
疲惫的人们即将倒下
春风忽然吹起
千树万树梨花啊
一夜绽开
（2023年1月）

搬家

黎明前的黑暗里
起床
灯盏照亮寂静的马路
早行的汽车
是生生不息的脚步
生活啊，是晨曦连着一片黑暗
转动的车轮带来一个开端
拥抱忙碌，是充实的基石
大脑的田野不会长满荒草

今天要远行
去一座海滨城市
给一个居室添置起居的装备
在那里休息，又在那里做梦
早上或傍晚
带着咸味的风，吹走劳顿
看海鸥的翅膀掠过绽开的花朵
听涛声诉说沧桑血腥的往事

曾经，有一些畏惧
忙碌或者奔波
肌肉的疲惫偶尔抗议
还有一片灰色或紫色的未知

温室的花朵总会躲避
斜风中的毛毛细雨
挺拔的松柏在寒风里
仍会吟诵绿色的诗篇
（2023年1月）

夜色

晚饭后在沙发上斜坐
在时光的沼泽里跋涉
庸常的岁月里
我们变得慵懒

欣赏夜色吧
走出房门，走出院子
拥抱风，亲吻闲适的心情
一如
小溪的水流过心田
（2023年3月）

去亦庄

之一

铁路让郊区和城市紧紧拥抱
辗转在地铁
在路上浏览高楼大厦
与一个一个工业园区擦肩而过
还有绿色的花园
树木守护着宁静，用一片树荫遮起凉爽
这是一个异常炎热的午后
晴空万里，田畴肥沃的华北平原
刚刚经历洪水的洗劫
片刻的宁静正迎接下一轮的波涛汹涌
灾难很快和水一起流去
红色的惊叹号只留在梦里

鱼儿占领了鱼塘
人们几乎拥抱着车厢
站立是多数的姿势
如同奔波劳碌的众生
一站过去不是下一站
是新的梦想、新的起点
这个周末，或许是一个转折
或终点
我可以闲逛、遐想
写一些跳跃的句子

很快，我会拥有第三代
女儿的女儿，离我很远
又离我很近
我将扛起责任
她会啼哭、寻求呵护、咿呀学语
我在每个星期的尽头
陪她微笑，听她吵闹

或许，我还能一个人远行
在周末去另一个城市
在那里徘徊、闲逛
在小酒馆里，听一听陈旧的民谣
酒精会点燃情绪
饮上二两
然后，回顾过往
检视日子里的泪光或欢欣
我会怀念自由、远方
很多曾经的日子
（2023年8月）

之二

我喜欢乘坐地铁或高铁
巨龙穿越大地、田野、古朴或
现代的城堡
思维的鸟飞过一个又一个世界
目光扫过陌生的面庞
倾听乡村的蝉鸣
还有异乡人的低语

我不只拥有寂寞
还有很多灿烂的花朵
开放在大脑的田野
我一直向前行走
从熟悉奔向陌生
所有的生活
都是相似的菜谱
（2023年8月）

日坛39号

鲜艳的幌子，旗帜一样飘扬
灯光的照耀下
白天或夜晚都是一条河
流动着岁月、欲望
在这里洗浴，在这里畅饮
在这里与故事一起悲伤或喜悦

每个人的心底
始终都有隐蔽的通道
通向一个不能言说的世界
正如那条神路
从东岳庙出发，祭拜太阳神
或许，他们行走在谎言的鲜花之路
那是帝王的秘密
也是神仙的秘密
（2023年8月）

回滨海

之一

我正步行走
迎着午后的阳光
在梦境里穿越
满脸肃穆
一个人行走在冰河
寂静无人，月光照耀

我在一片绿意盎然里穿行
路过鲜花怒放的广场
高铁站前独有的恢宏
仿佛大秦王朝的咸阳古都
只是
缺乏一丝王者的霸气

我迈着沉重的步伐
扛着硕大的头颅
走向怪异现代的建筑
一个气泡、东半球的一滴水珠
开启一段规定的、没有悬念的旅程

我走过人生旷野
一条向上攀登的平坦小路
一条少有人走的路上
我经常高声歌唱
又经常保持沉默

我放眼望去
人头攒动
渤海湾的大潮涌起又退去
我看到一片喧嚣
还有一片寂然
（2023 年 9 月）

之二

我听他们叙述
一个又一个沧桑的故事
红色的血液流淌
有泪水、叹息从古老的脸颊垂落
无奈和惆怅在屋里盘旋

我也讲述一个又一个故事
努力制造一些苦难的情节
却是鸡毛蒜皮的碎屑
雪花飘扬在人群
消失在日子里无影无踪

我面带微笑
抚摸或承受
涌起的波涛或涓涓细流
回想从前的岁月吧
望向大海的眼睛里
闪烁贫苦日子的光泽
（2023 年 9 月）

冬日里的中年人

冬日是动物休眠的季节
蛇、老鼠都藏起来
飞鸟躲在巢穴里
逃避大自然的考验
偶尔有几只乌鸦鸣叫
点缀日子的寂寞

中年人停止了远行的脚步
关闭窗户，在暖气充溢的屋子里
追剧、读书
和爱人交谈三十年前的往事
偶尔，听寒风的歌谣传诵孤独和无奈

一个双鬓染霜，年过半百的男人
却想去远方
拜晤泰山，站在玉皇顶上
向东岳大帝献上一份敬意
与北国的山峰合影
在岁月的沧桑里
表达一份坚强

或者去黄山
漫步在徽州小镇
白墙灰瓦旦品读江南的山水
咀嚼这个民族几千年的古韵

崎岖的山路上
留下笃定的步伐
拥抱那株迎送千万客人的古树
见证一个自己珍视的日子

我最想去的还是衡山
那里曾经留下青涩的梦想
此时没有了云雾
日出已经不值得期待
即使有满山的绿色
在北方袭来的寒流中
肃杀和萧瑟是它的主题
但是，我相信
南天门依然巍峨耸立
守卫着一片心灵的净土
一个中年人
沿着一级又一级的石阶
重新走过青春的足迹
（2023 年 12 月）

骑行

春天的脚步近了
大雁还没有回归
我翘首仰望蓝天
不见人字的阵形
叩开温煦的大门
我决定骑上小黄车
在盛会开幕的周日
穿行在戒备森严的京城

我是检阅或者巡游
简单地放松，只需片刻
所有的负担都可以卸掉
像风吹拂自由的想象
站在冬天画卷的尽头
九九节气的桥上
护城河的冰依然顽固

阳光投来温柔的眼波
相信未来、相信命运、相信梦想
正如相信大自然的节律
一个民族的复兴
虽然坎坷但绝不会迟到
（2024年3月）

夏日

记住这个夏日
南海的风浪浊天
战舰、渔船
宣告冲突的主张
漩涡、风暴
掠过平静的心湖

货币战争没有硝烟
血流成河是古老战争的形态
人类迈进文明世界的门槛
血肉之躯最为珍贵
战斗早已打响
绞杀的行为，在梦中进行

多年以后，回首不平凡的龙年
自信铸就淡定
胜利的旗帜
早在心中飘扬
（2024年5月）

一个晚上

一个夜晚隔开两个日子
一个白天带来新奇的世界
一个想法改变了陈旧的生活
一枚石子激起涟漪
（2024年8月）

关于2024

即将告别
话语千言却难以表达
百感交集，江河翻滚着浪头
清澈或浑浊，欢愉和悲辛
苦涩中咸咸的味道
人们正在品尝日子的艰辛
总要捕捉一些片断
一朵朵流逝的浪花
点缀十年后的生活
（2024年12月）

之一

四年前的冬日，昔日兄弟撕破脸皮
几百年的情谊被血海深仇替代
战车驶过乌克兰大地
精良的武器从美利坚运来
政客和军火商们都很兴奋
煽动的语言、亢奋的情绪
鼓舞着平民们赴汤蹈火，奔赴战场
婴儿的啼哭、少女的呼救
冷血的寡头们不会在意
善良的人们都在期盼
和平的鸽子什么时候飞起
硝烟战火永远是人类的敌人
（2024年12月）

之二

简洁直接的语言
煽动情绪的火
燃烧选民的热情
子弹穿过耄耋老者的耳朵
铸就新的传奇
富豪、斗士，或者表演家
骗子披着华丽的外衣
挥舞着权杖
指挥新的乐队
演奏一曲混乱的舞曲
带给明天很多新的谜题
这个世界真的会更好吗
人工智能是拯救人类
还是带来新的纷争
（2024年12月）

之三

镰刀划过金黄色的田野
纪律部队收割邪路财富
一波又一波的高潮
一个又一个的浪头
一场又一场的大戏
衣着光鲜的主人公脱去戏服
灰色的囚衣陪伴苦闷的日子
叹息代替豪言壮语
泪水在夜深人静时悄悄盘旋
保持一颗初心吧，平淡的生活最为幸福
（2024年12月）

之四

街上的小吃摊多了
高档酒楼的招牌孤独落寞
麻雀在商场前散步
萧瑟的风从年初吹到寒冬
吹落五光十色的商业幌子

吹掉浮华的物欲泡沫
经济的车轮缺失了动力
蹒跚着驶过泥沼
目标似乎变得有些遥远
保持一份俭朴吧
这样的日子原是人类的本色
（2024年12月）

之五

走进生命的深秋
享受丰收的喜悦
树叶飘落，绿色消逝
大地质朴无华
富饶回归俭朴，生命的基石浮出
喧哗的大潮退去
能够自由、健康地行走
听一听老歌，亲一亲幼儿稚嫩的面庞
酌几杯老酒，讲述青葱岁月的故事
原来是最大的幸福
（2024年12月）

之六

回首走过的路
坎坷中的行走，练就强健的双足
一段又一段的风雨兼程
一页又一页的波澜历史
铸就一个民族的独特品格
坚持、隐忍、战斗
成为基因代代相传
一定会迎来荣光的一天
信心比黄金更珍贵
相信明天，相信自己，相信未来
（2024年12月）

4

简悟人生

拥抱真我

时间的布料

凌乱的念头变成花朵
那一束束的火苗
汇成生命的焰火
在体内流淌

时间的布料
撕成碎片
洒落在人生的草原
我用心收集起来
织成华丽的长袍
走在通向山顶的栈道
（2017年1月）

做真实的自己

有一种力量叫真实
像烈火烧掉虚伪和枷锁
绽露本真的花朵
开放在生命的田野

有一种状态叫真实
爱恨情仇像水一样
自由流动
真实的歌谣
滋润鲜红的心

有一剂良药叫真实
开怀的笑
呐喊像歌声
焰火一样照亮沉闷的夜
驱逐压抑和烦恼

追求真实的路
注定并不平坦
坎坷、陷阱
还有世俗眼光的刀

认识真实的自我
注定路途遥遥
穿越沙漠和山峦
找到哭泣的灵魂
正等待拥抱

背起行囊上路吧
拄着勇气和智慧的拐杖
桃花盛开的山谷
欢快流淌的小溪
等你来到

（2018年2月）

不是

不是所有的播种
都迎来金色的收成
不是所有的天空
都有星光闪烁
不是所有的愿望
都能够成真
不是所有的目标
都带来力量

人生路上
泥泞、坎坷，大雨滂沱
每一步行进
都将成为风景
别人的火炬
照不亮你的前程
在心中点一盏灯吧
永不熄灭
寻一条自己的小径
探索生命的丰盈
（2018年2月）

五十岁了，开始写诗

即将告别
与半个世纪分手
一棵老树到了秋天
树叶开始飘零
而我
开始写诗
让生命长出新芽

b站的青年们展现着才艺
视频直播里
青春的泡沫风中挥洒
心中的火从未熄灭
照亮灰暗的心
温暖一些冰冷的日子

墨汁涂抹着二十年前的黑夜
也涂抹未来的岁月
昏暗灯光下
书写一封给今天的信
理想的灯笼是否闪亮
青春少年是否忧郁

一句句梦呓
诉说中年人荷尔蒙的秘密
悲伤、困顿、欢畅
一切都是诗行
生命的秋天
我学会了自由
金黄的麦田里
轻舞飞扬

梦想，一轮永远的月亮
升起澄明的夜晚
每个人都会有偶像
不变的是青春、诗、远方
以及永恒的死亡

我们都在走向坟场
步履迟缓
跟随人流的脚步
不能拒绝时光的召唤

面对悬崖残阳
我选择歌唱
歌声的泉流
浇灌生命的树
在无情的岁月里绽放
（2018年2月）

即使

即使捆住了手脚
仍能转动头颅环顾四周
即使面前有铜墙铁壁
仍能找到光亮的缝隙
即使在沉闷的黑夜
仍能绽放鲜花般的笑容
即使痛苦常常涌来
仍能默默地相依相拥

如果不能逃避
就淡定地面对吧
微笑着
让早晨的风
吹拂梦想和思绪
走在那条心灵的小路上
感受灵魂的飞翔

超越了痛苦
会更加坚强
超越了虚伪
会更加真实
超越了枷锁
会更加奔放
（2018年2月）

不要

不要向无知者传授知识
不要和无情者谈论感情
不要和贪婪者讨论分享
不要和愚蠢者辩论智慧

走吧
一个人坚定地上路
微笑着
面对目光中的一切
（2018年2月）

表达真我

不在意嘲笑
一个孩童
在绿色田野里
自由地奔跑
纯真在风中飘

歌声努力寻找基调
文字粗糙
无畏有时属于无知
有时也是智慧
表达真我
需要勇敢、自豪

渴望被看见
渴望掌声
每个人的内心
都藏着深深的需要

古老文化的黑袍
束缚的枷锁很牢靠
开心地喊叫
惊异、惶恐
融进心灵的微笑
（2018年2月）

海上世界

金钱是一把刻刀
把欲望细细地雕琢
破旧的海船、沙地的野草
早已遁逃

一座座高楼，一面面旗帜
在风里微笑
我站在明华轮上
远眺
心里涌起阵阵波涛
（2018 年 2 月）

日子

日子是一架纺车
年复一年织着相同的粗布
纺车陈旧了
人也老了

日子是一把镢头
一直在挖掘
新鲜的泥土
珍宝在汗水中闪耀

日子是一杯白开水
平淡无味而滋润
加一点糖
就能品味甜蜜

日子是一场宴席
肉山酒海
塑造肥胖的身躯
伸一个长长的懒腰
很快睡去

日子充满了荒谬
静默的湖畔
爆炸的惊雷响起
碧空下的山路
发疯的野牛狂奔

日子充满了惊奇
神秘的帷幔后
壮丽的宫殿
或孤独的庙宇再现
（2018年3月）

偶感

我不愿跪下
对着冰冷的石头
鲜血不再火热
情感变得僵硬
梦想捆住了翅膀
生命还有什么值得追求

我不愿戴上
沉重的枷锁
变成玩偶
笑声被限制
创新被扼杀
言语的表达遭遇寒秋
人生还有什么值得奋斗

我不愿钻进
钢铁的鸟笼
失去飞翔的自由

让双脚丈量地球
把酒放歌，爱恨情仇
用体验拥抱
可能的一切，一切的可能
只为告别人世的一刻
把微笑保留
（2018年3月）

人生的假设

或许，人生是一场戏剧
一人唱完，又一人登场
表演总会谢幕
更多的时候，人们都在台下
镁光灯照耀着舞台
表演的时间分秒算计
锣鼓喧天后
更多的是沉寂

王侯将相、贩夫走卒
不同的演技、不同的际遇
不同的角色里
常会失去自己
入戏太深，忘记了面具

或许，人生是一条河流
奔向哪里
大地和苍天早已注定
清澈或浑浊
充沛或枯竭
难以寻找规律

我们在河里泅渡
大口喷着气息
挣扎着，却很难逃避
迎来所谓的胜利
荒芜的田野里
一个人在堤坝上叹息

或许，人生是一场大梦
鲜花开放，车流滚滚
从悬崖边缘坠落
王子沦为乞丐，恩将仇报
所有的离奇
不需要理由的流星雨
所有的荒诞，只能承受
所有的苦难，都会过去
人生的梦里
霸王会回天无力
懦夫经常伸出铁臂
醒来时，一地鸡毛或珍珠玛瑙
对着白色的窗帘哭或笑
都没有了意义

或许，人生是一场旅行
上路了，为了拥有体验、经历
大雨滂沱里
撑一把伞，独行
镜子里的落汤鸡
有时会充满欢喜
旷野木屋的夜晚
没有艳遇，只有寂寞的思念
所有的景色都会过去
所有的眼神都会暗淡
所有的泥泞，会被车轮碾过
所有的篝火都会熄灭
体验和记忆才是真谛
嘀嗒的钟声落在心湖
这条路曾经走过
这个世界曾经来过

或许，人生是一场劫难
承受所有的苦水
困难成就生命的成长
花开花落，春夏秋冬

或许，人生是一个谎言
重复千遍
饥饿和疾病
晴空万里仍会袭击

人生可以假设
镜子里找到真实的自己
省察、勇敢，推动优秀的车轮
求索探寻的路上
总会找到那个答案
奈何桥上回眸，露出淡定的微笑
（2018年3月）

一颗心

一颗浮躁的心
欲望的烈火，烧开一壶水
攀比、比较里迷失
焦虑、烦躁的蒸汽灼伤自己
野草丛生的心无处安放

一颗淡定的心
街头的老槐树站立
呼啸的风像一个孩童，欢蹦跳跃
树冠的摇晃，是白色胡须的颤动

梅花开放在雪后
美丽地绽放，歌唱寒冬
经历过风霜雨雪
树根深深植入泥土
平静的微笑如磐石牢固

一颗沉静的心
清澈的溪流冲洗石子
繁杂喧嚣的闹市
闭了眼
桃花的雨飘落身上
吃饭时吃饭，穿衣时穿衣

觉察呼吸，还有脊柱
挺起胸膛，走稳每一步
此起彼伏的风
吹过田野、城市
树叶、纸屑、尘土
跳起魔幻的舞
我捡起一枚五彩的树叶
在角落处，看不息的车流
听匆忙的脚步
（2018 年 4 月）

吉祥的数字

28岁的时候
你从湘江来到黄浦
开始了奋斗之旅
冒着血雨腥风
穿过枪林弹雨
走了整整28年
站到紫禁城楼
挥一挥手
开启新的纪元

南昌路100号的平凡楼宇
种子在这里发芽
惊雷在乌云中孕育
炸响，烟花一般绽放
开启一条充满荆棘的新路

13个人，13个精英
相聚又离去
相约着出发
有的人走散了
有的人迷失了
有的人上了断头台
有的人在山巅招手

或许命运的定数
悄然潜伏
是密码，是一种神奇
或许
每个人都有吉祥数字
停滞是懒汉的理由
宿命成为弱者的借口
其实，奋斗才是命运的压舱石
神奇总是在航行中出现
秘密隐藏于搏击风浪里
（2018年4月）

八仙过海

这个世界有神仙吗
没有痛苦，平和愉悦中打发岁月
梦想插上翅膀
天地间自由飞翔
超越了生死
时光凝固在青春的时刻

或许，仙人生活已经降临
在天上自由飞翔
跨越大海
大洋深处与海豚起舞
所有的梦想，变成现实
只是
焦虑的潮水袭来又退去

神仙是一种向往
烦恼中的救赎
艰苦中遥望美好生活
想象的清泉
带着甜味流过心田
苦闷的黑夜
可以轻舒一口气

没有觉察
本能的野兽常常撕咬
没有自省，从空中摔落
碰撞时感受疼痛
没有心灵的探究
身处珠宝的宫殿
耀眼的明珠变得暗淡
人生需要修炼
只为躲避
痛苦的暴雨袭扰

神仙是一条路径
通向喜悦、平和
摆脱凡人的枷锁
心在飞翔，超越世俗
（2018年4月）

老夫妇

凋敝的村庄
步履迟缓的老人
走过
一头老牛啃着稀疏的小草
树木孤独地站立

迟缓凝固的街道里
我没有看到绝望
九十岁的老夫妇
举着一面生命的旗帜
走过
淡定、平和的面容
在寂寥中显得娇娆
温饱底线上漫步
生命还原了底色
没有五光十色的世界
黑与白简单地分割
可以看得更远

荒芜成就了质朴
淡定成为一种稀缺
贫瘠的风景变得富饶
黑暗里
心，跳起了舞蹈
（2018年5月）

贫穷与富足

或许不需要繁华
五光十色中
眼睛会失去光泽
或许过于丰富
太多的选择
每个人都会犹豫彷徨
站在太多岔道上
不知走向哪里

当欲求的满足变得容易
奋斗和努力，将成为一种脆弱
生命难以经受轻微的打击
一场小雨后的泥泞
会让车轮沦陷
步履维艰

坐在困顿的日子里等待富足
胸膛里常有烈火燃烧
富饶的生命原野
可能
瞬间被烧焦
保持一种淡定吧
简单的世界
也会隐藏着纯净的内心
孩童的田野是一座宝藏
孤独中挖掘人生的珍宝

贫穷让人回归原始
离开都市，走向田野
奔向欲望的道路上
大多数人背道而驰
心失去了束缚
翅膀的飞翔，划出的图线很美妙
（2018年5月）

珍惜吧

相遇而不相识
不如不遇
相识而不相知
不如不识
相知而不相惜
不如不知

多少次擦肩而过
不曾回头多看一眼
多少次目光交错
不曾走进心里
人海茫茫
千万里地寻找
只为一汪清澈的深潭
（2018 年 11 月）

人在天涯

野草丛里
绽放蓝色的花朵
那是忧郁的情歌
回荡在山谷

我一个人独行在旷野
没有灯塔
没有鲜艳的旗帜
用笔刻录年华
把日子写在纸上

夜里弹起琵琶
只要心灵可以安放
无论在哪里
天涯都是家乡
（2019年1月）

成长

美丽的小鸟
永远待在笼子里
不经过蓝天的考验
飞翔可能是空洞的愿望

温室的花朵
无论多么娇艳
没有风雨中的摔打
美丽
或许是短暂的幻梦

嘶鸣的马驹
不遭遇泥泞、坎坷
缺少暴风闪电的洗礼
所谓，千里的驰骋
只能是幻想

追风的少年
没有撞过坚硬的墙壁
摔倒后
不能顽强地爬起
不会得到理想女神的回眸

挫折是生活的泥土
植根厚重的土地
幼小的树苗
才可能成为栋梁
灰暗是光明的衬托
磨砺中的前行
步伐才更加坚定
（2019年10月）

脚步

这个世界很大
思维限制了脚步
一直在牢笼里打转

这个世界很美
帽子遮蔽了眼睛
灰色的墙壁
是人生的道路

我怀着谦卑的心
在田野里，跪下来
仔细观赏
野菊、马兰花
那一望无际的戈壁啊
充满了生机
（2020 年 1 月）

心中的莲花

心中有一朵莲花
洁白的裙裾，粉红的火苗
绿绿的荷叶上
跳起舞蹈
一曲清澈的笛声
驱走清晨的浓雾
我可以拥抱那一抹朝霞
晶莹的水珠
驻足暗红色的心球
干涸的泥土变得湿润

心中有一朵莲花
那一汪静默的溪泉
托起一片斑斓的繁华
风，吹起了沙尘
昏暗、阴郁的日子里
眼睛和眼睛对视
微弱的火苗
黑暗不再是恐惧

心中有一朵莲花
风雨飘摇的深夜
绽放
送来了梦和酣睡
滂沱，迟早会过去
晨曦，那乳白色的雾气
还有纯真的星星
渴望下一次的相聚
（2020年8月）

洞穴的日子

在洞穴里生活久了
习惯了黑暗
鸟儿的翅膀不会在梦里出现
灯笼是最大的渴望
潮湿也是温暖的
五彩斑斓的世界
甚至，不会成为奢望

在洞穴里生活久了
大脑成为累赘
思想可能变成枷锁
遥想天空
或许进入一片泥沼
黑暗
遮掩了光和尊严
在洞穴里
我们只是简单地存在
一个又一个呆板的符号

洞穴只是恐惧编织的牢笼
废纸上画满了老虎
不可能捆住翅膀
自由的火苗
始终在心底燃烧
飞翔是一种选择
在蓝天上
用优美的姿势
画出大写的人字
（2021年2月）

老酒

有一种事物叫老酒
和岁月一起积淀
散发悠远的醇厚
如同睿智贤达的老人
微笑中
闪烁智慧、包容

天使披着亮丽的外衣
给人纯洁的遐想
丑恶也披着外衣
假装纯洁
复杂的世界里
不存在简单

贫瘠的土地
孤独的仙人掌
歌唱天空
只有善良的种子
结出
厚道的花朵

不是所有的老酒都醇香
不是所有的老人都通达
日月的磨砺
可以结出圆润
也给奸诈披上质朴的袍子
（2021年8月）

清净

保持一颗清净的心
抗拒污浊
远离喧闹
在公园的树荫下
听小鸟鸣唱
在山间的小溪旁
看鱼儿嬉戏

保持清爽的身体
晨曦跟随着脚步
微微的汗珠
浸透疲惫的日子
灯红酒绿中
保持一份自由

保持清醒的头脑
功名利禄的风吹来
沙粒迷住眼睛
仍能辨别前方的路
权力的春药
催发欲望的火苗
不经意的一跃
万丈深渊
成就
粉身碎骨的传说
（2021年9月）

中秋的雨

秋雨是秋天的泪
悲悯丰收
还有逝去的岁月
萧瑟突然降临
崩溃的雪片
乌鸦一般袭来
遮天蔽日

柔美的歌声透过
曼妙的舞姿
俘虏男儿的意志
还有美酒
酥倒了一个又一个
所谓的英雄
豪情满怀的时候
荒芜的田野也预示着丰收
冰山慢慢融化
远行的航船悄然下沉
日薄西山的时候
泪水驱走不了黑暗

我在细雨中漫步
忘记金色、朝阳
隐隐的伤痛
夜色一样浮现
敬畏弥漫了心湖
接纳或面对
灾祸、挫折都无处可逃
（2021年9月）

一个明媚的日子就够了

连绵的雨
吹拂着瑟瑟的风
低垂的绿丝
摇曳慌乱的梦
秋风的大军
追杀着金秋的傲骄

灰色蒙上黄金周的面庞
突降的气温
冻住了情绪和呼吸
阳光有些遥远
亲人在远方祝福

我用笔记录思绪
万马奔腾中等待黎明

一个阳光明媚的日子
就够了
如同一个柔情的眼眸
催开冰冷的心

向蓝天敬个礼
骑着深秋的最后一辆单车
走进一片千年的楼台亭榭
抚摸共和国的沧桑躯体
那一株歪脖树
记录帝王的悲情、蒙昧
老槐树啊老槐树
从大唐走来
怀抱着新生命
绽放复兴的光芒
（2021年10月）

简单与复杂

鲜花背后是陷阱
你在静静地守候
带着微笑
刺出致命的匕首
在泥泞的山路远足
骨折是一种奖赏

浑浊的水塘
时间送来清澈
乱麻一样的生活
总能梳理出一条黑色的辫子
索取得越来越多
缤纷的天空
飘落五彩的欲望
心在花瓣里迷失

拥抱硝烟
听炮声隆隆
子弹的雨划过夜空
倘若能酣眠
是真实的修炼

暂时的别离
烧一炷香
与缘分告别
诉说空与色的烦恼
所有追寻的简单
都是一个童话
逃不脱欲望的锁链
（2021年11月）

秋

告别秋天
正是告别自己
奔向萧瑟
在生命的冬季
唱一首荒凉的歌

与金色拥抱
转身别离
完成中年人的救赎
用镜头记录
并书写睿智的篇章

拥有权力
也点燃欲望的火苗
肥硕的身躯
或许化为灰烬
走进深秋的风里吧
鞠躬致敬
向落叶、向苍穹、向信仰的殿堂
（2021年11月）

复兴的路

这条路走过了一百个春夏秋冬
风雪、泥泞
大雨滂沱把血迹冲刷
枪林弹雨从未阻挡脚步
穿越丛林、黑暗
每一个台阶都有短暂的光明

一百年风雨如晦
一百年艰苦卓绝
一百年的努力奋进
我们终于风华正茂
两个一百年的轨道
在今天交汇
复兴大业降临肩上

今天，我们又一次出发
幸运的雨落在身上
胜利的女神已露出微笑
红旗插上山巅的时刻
我们大笑着，不负生命韶华
（2022 年 1 月）